U0933176

怪谈

小泉八云 著
蔡旻峻 译

江苏凤凰文艺出版社
JIANGSU PHOENIX LITERATURE AND ART PUBLISHING, LTD

图书在版编目（CIP）数据

幽冥 /（日）小泉八云著；蔡旻峻译. — 南京：江苏凤凰文艺出版社，2018.10

ISBN 978-7-5594-3010-6

Ⅰ. ①幽… Ⅱ. ①小… ②蔡… Ⅲ. ①随笔—作品集—日本—现代 Ⅳ. ①I313.65

中国版本图书馆CIP数据核字(2018)第232085号

书　　名　幽　冥
作　　者　（日）小泉八云
译　　者　蔡旻峻
策划出品　九志天达
统　　筹　姚　丽
责任编辑　白　涵　刘洲原
特约编辑　范　迪
责任监制　刘　巍　江伟明
出版发行　江苏凤凰文艺出版社
出版社地址　南京市中央路165号，邮编：210009
出版社网址　http://www.jswenyi.com
印　　刷　北京富达印务有限公司
开　　本　880毫米×1230毫米 1/32
字　　数　152千字
印　　张　8.5
版　　次　2018年11月第1版　2019年3月第2次印刷
标准书号　ISBN 978-7-5594-3010-6
定　　价　45.00元

目录

朱光潜眼中的小泉八云

歌德曾经说过，作品的价值大小，要看它所唤起热情的浓薄。小泉八云（Lafcadio Hearn）值得我们注意，就在他对于人生和文艺，都是一个强烈的热情者。他所倾向的虽然是一种偏而且狭的浪漫主义，他的批评虽不免有时近于野狐禅[①]，可是你读他的书札，他的演讲，他描写日本生活的小品文字，你总得被他的魔力诱惑。你读他以后，别的不说，你对于文学的兴趣至少也要加倍浓厚些。他是第一个西方人，能了解东方的人情美。他是最善于教授文学的，能先看透东方学生的心孔，然后把西方文学一点一滴地灌输进去。初学西方文学的人以小泉八云为向导，虽非走正路，却是取捷径。

① 野狐禅：禅宗对一些妄称开悟而流入邪僻者的讥刺语。用以比喻似是而非之禅。谓所为不契合禅之真义，然却自许为契合。惯用小聪明和主观见解曲解佛法，喜欢在黑山鬼窟里做活计。后以“野狐禅”泛指歪门邪道。典故来自盛唐时期——禅宗公案，百丈禅师在江西的百丈山开堂说法，点化一野狐而得。古来人们将没有真正悟达禅境却自以为因果者，称作“野狐禅”，盖由此公案而来。

在文艺方面，学者第一需要的是兴趣，而兴趣恰是小泉八云所能给我们的。

我说小泉八云是一个西方人，严格说起，这句话不甚精确。他的文学兴趣是超国界的，他的行踪是飘泊无定的，他的世系也是东西合璧的。论他的生平，他生在希腊，长在爱尔兰、法国、美国和西印度，最后娶了日本妇人，入了日本籍。论他的血统，他是一个混种之混种。他的父亲名为爱尔兰人，而祖先据说是罗马（Roman）人和由埃及浪游到欧陆的一种野人（gypsy）的后裔。他的母亲名为希腊人，据说在血源方面与阿拉伯人有关系。要明白小泉八云的个性，不可不记着他的血统。希腊人的锐敏的审美力，拉丁人的强烈的感官欲与飘忽的情绪，爱尔兰人的诙诡的癖性，东方民族的迷离梦幻的直觉，四者熔铸于一炉，其结果乃有小泉八云的天才和魔力。他的著作中有一种异域（exotic）情调，在纯粹的英国人、法国人或任何国人的著作中都不易寻出的。

小泉八云的父亲是一个下级军官，驻扎在希腊的英属岛，因而娶下希腊女子。小泉八云出世未久，就随父母还爱尔兰。到了爱尔兰以后，刚离襁褓的小泉八云就落下生命苦海，飘泊终身了。他的家庭中遭遇种种惨变，父另娶，母再醮，他寄养在一个姑姑家，和他的父母就从此永远诀别了。他的亲属都是天主教徒，所以他自幼就受严厉的天主教的教育。他先进了一个英国天主教学校，据说因为好闹事，被学校斥退了。他在学校就以英文作文驰名。同学们因为他为人特别奇异，都喜欢同他顽。他的眼睛瞎了一个，就是在学校和同学们游戏打瞎的。后来他又转入法国天主教学校，所以他的法文很有根底。他生来是一个唯美主义者，对于宗教，始终格格不入。他在书札中曾提起幼时一段故事：

我做小孩时，须得照例去向神父自白罪过。我的自白总是老实不客气的。有一天，我向神父说："据说厉鬼变成美人引诱沙漠中的虔修者，我应该自白，我希望厉鬼也应该变成美人来引诱我，我想我决定受这引诱的。"神父本来是一位道貌堂堂的人，不轻于动气。那一次，他可怒极了。他站起来说："我警告你，我警告你永远莫想那些事，你不知道你将来会后悔的！"神父那样严肃，使我又惊又喜。因为我想他既然这样郑重其词，也许我所希望的引诱果然会实现罢！但是俏丽的女魔们都还依旧留在地狱里！

如果到地狱里去，他能享美，他也乐意去的。这是他生平对于文艺的态度，在这幼年的自白中就露出萌芽了。在十六岁时，他的叔祖母破产，没有人资助他，他只得半途辍学，跑到伦敦去做苦工。在伦敦那样人山人海的城市中，一个孤单孱弱的孩子，如何能自谋生活？他有时睡在街头，有时睡在马房里。在一篇短文叫作《众星》（*Stars*）里面，有一段描写当时苦况说：

我脱去几件单薄衣服，卷成一个团子作枕头，然后赤裸裸地溜进马房草堆里去。啊，草床的安乐！在这第一遭的草床上我度去多少漫漫长夜！啊，休息的舒畅，干草的香气！上面我看着众星闪闪地在霜天中照着。下面许多马时时在那儿打翻叉脚。我听得见它们的呼吸；它们呼的气一缕一缕地腾到我面前。那庞大身躯的热气，把全房子通炙热了，干草也炙得很暖，我的血液也就流畅起来了——它们的生命简直就是我的炉火。

在这种境界中，他能恬然自乐，因为他知道“天上那万千历历的繁星个个都是太阳，而马却不知道。”他在伦敦度去两年，也没有人知道他究竟如何撑持住他的肚皮；更没有人知道他如何七翻八转，就转到纽约。此时他已十九岁了。当时英国人想发财的都到美国掘金山去。小泉八云是否也有这种雄心，我们不知道。我们所知道的只是那里没有财临到他去发。叨天之幸，他遇着一个爱尔兰木匠，叙起乡谊，两下相投，他就留在木匠铺里充一个走卒。不多时，他又转到辛辛那提。他在三等车里，看见一位挪威女子，以为她是天仙化人，暗地里虔诚景仰。旁座人向他开玩笑说：“她明天下车了，你何以不去同她攀谈？”他以为这是渎亵神圣，置之不答。那人又问他何以两天两夜都不吃饭，他答腰无半文，那人便转过头谈别的事去了。他正在默念人情浇薄[1]，猛然地后面有人持一

① 社会风气浮薄，不淳朴敦厚。

块面包用带着外国口音的英语向他说："拿去吃罢。"他回头看，这笑容满面的垂怜者便是那挪威少女。张皇失措中，他接着就慌忙地嚼下了。过后才想到忘记道谢，不尴不尬地去作不得其时的客气话，被她误会了，用挪威语说了一阵话，似乎含着怒意。过了三十五年，小泉八云做了一篇文章，叫作《我的第一遭奇遇》，还津津乐道这一饭之惠。小泉八云在美洲东奔西走地度去二十余年之久。在这二十余年中，他经过变化甚多，本文不能详述。一言以蔽之，这二十余年是他生平最苦的时代，也是他死心塌地努力文学的时代。穷的时候，他在电话厂里做过小伙计，在餐馆里做过堂倌，在印刷所里做过排字人，他自己又开过五分钱一餐的小吃店。后来他由排字人而升为新闻报告者，由报告者而升为编辑者。他的大部分光阴都费在报馆里。他的职业虽变更无常，可是他自始自终，都认定文学是他的目标。窘到极点，他总记得他的使命。别的地方他最不检点，在文学方面他是最问良心的。尽管穷到没有饭吃，他决不去做自己所不欢喜做的文字去骗钱。他于书无所不窥，希腊的诗剧，印度的史诗，中国的神话，挪威的民间故事，俄国的近代小说，英国浪漫时代的诗和散文，他都下过仔细的功夫。法国的近代文学更是他所寝馈不舍的。我在上面说过，小泉八云具有拉丁民族的强烈的感官欲，所以他最能同情于法国近代作者。他是第一个介绍戈蒂耶（Gautier）、福楼拜（Flaubert）、莫泊桑一班人给英美读者。他又含有爱尔兰人的诙诡奇诞的嗜好，所以他爱读挪威、俄国、印度、日本诸国文学，因为这些文学中都含有一种魔性的不平常的情致与风味。小泉八云生来就是一个妇女崇拜者。他的飘泊生涯中大部分固然是咸酸苦辣，却亦不乏甜的滋味。关于他早年的韵事，读者最好自己去读他的传记和书札。他的第一个妇人是一个黑奴女子。在辛辛那提充新闻记者时，他染过一次重病。这位黑奴女子替他照料汤药，颇致殷勤。病愈后，他就同她正式结婚。白人以白黑通婚为大逆不道，小泉八云遂因此为报馆所辞退。小泉八云动于一时情感，不惜犯众怒而娶黑人女子，这本是他的本色。拉丁人之用情，来如疾雨，去如飘风；不久，他转过背到了日本，就忘掉黑妇人而另娶一日本女子，把自己的姓名和国籍都丢掉，跟妻族过活。他本名拉夫卡迪奥·海恩（Lafcadio Hearn），娶日本妇后，才自称小泉八云，小泉是他的妻姓，八云是日本古地名，又是一首古诗的句首。在交友方面，小泉八云也是最反复无常的人。和你要好时，他把你捧入云端，和你翻脸时，他便把你置之陌路。他早年所缔造的好友，晚年都陆续地疏弃去。他自己的妹妹和他通过许多恳挚的信，到后来也突然中绝。她写信给他，他总是把空信封递回。有人说，他怕记起幼年家庭隐痛，所以他恝然[①]砍断这一条联

① 漠不关心貌，冷淡貌。

想线索。

一切故人，他都遗弃了，可是有一个人他永远没有遗弃——如果他所信的轮回说不虚诞，也许在另一境界中，这人和小泉八云享有上帝的非凡的恩宠！听过小泉八云的英文课的日本学生们或许还记得他每逢解释西文姓名，在粉板上写的例子回回都是伊利莎白·比思兰（Elizabeth Bisland）。原来这位比思兰就是小泉八云久要不忘的丽友。像小泉八云自己，比思兰也早为境遇所窘，十七岁就离开她的父母，到新奥林斯去办报卖文过活。她很爱读小泉八云在报纸上所发表的文字，就写了一封信给他，表示她女孩子的天真烂漫的景仰。从此文学史上，卢梭（Rousseau）与福兰克菲夫人（Mme. deLa Tour-Franqueville）歌德与鲍蒂腊女士（Bettida Brentano）两段因缘以外，就添上一番佳话了。卢梭、歌德对于他们的崇拜者，都未免薄情，小泉八云总算能始终不渝。他给比思兰的信是一幅耽嗜文艺者的心理解剖图。页页都有诗情画意。他写信给她，最初还照例客气，后来除信封以外，就不称她为“比思兰女士”了。小泉八云在精神上受她的影响最深。在他的心目中，比思兰是无量数玄秘心灵的结晶，是一种可望而不可攀的理想。他本来是一个心地驳杂的人，受过比思兰的影响以后，纯洁的情绪才逐渐从心灵的深处涌起。读小泉八云的作品，处处令人觉有肉的贪恋，也处处令人觉有灵的惊醒。肉的贪恋是从戈蒂耶、福楼拜、莫泊桑诸人传染来的；而灵的觉醒，则不能不归功于比思兰的薰陶。女性经过神秘化和神圣化以后，其影响之大，往往过于天地神祇，小泉八云写信给韦德幕夫人（Mrs. Wetmore）——二十年前的比思兰女士——仿佛也有这样自白。流俗人总祷祝天下有情人都成眷属，假若小泉八云和比思兰的关系再进一步，结果佳恶固不可必，而文学史上则不免减少一个纯爱好例，法国的安白尔（Jean Jacques Ampére）和列卡米夫人就要独美千古了。

小泉八云死后，比思兰把他生平所写的书札，搜集成三巨册，她自己又替他做了一篇一百五十几页的传冠在前面。从这篇传和编辑书札的方法看，我们不得不赞赏她的文学本领。她着墨很少，只把小泉八云自己说的话、写的信、做的文章和朋友们的回忆择要串成一气，而他的声音笑貌，便历历如在耳目。小泉八云的传有四五种之多。论详赡以铿纳德（Kennard）所著的为第一，可是许多佳篇妙语，经过间接语气的叙述法，不免减煞不少精彩；所以它终不及比思兰的大笔濡染，疏简而生动。

小泉八云到日本时年已四十。他本带着美国某报馆的委任，抵日本后，便丢开新闻事业而专从事于教授和著述。他先只在熊本中学教英文，后升为东京帝国大学教授，因不乐与贵人往来，为日本政府所辞退。以后早稻田大学又聘他为文学教授。他在日本凡十四年，他的最好的作品都在这个时期中成就的。到晚年他的声誉颇大，康奈尔大学和伦敦大学想请他去演讲，都因事中辍了。他到日本以后，思想习惯都变为日本式的。他的妇人出自日本的一个中衰的望族。夫妇间感情颇笃。他生平最讨厌日本人穿洋服说英文。他的妇人请他教英语，他始终不肯；他自己倒反请她教日本文；后来他居然能用日本文会话写信。他的妇人喜欢讲日本故事，他听得津津有味时，便请她说一遍又说一遍，最后便取来做文学材料。他最不修边幅，平时只穿一套粗布服。当教授时，他妇人再三怂恿他做了一套礼服，他终身还没有穿过几次。因为怕穿礼服和拘于繁礼，每逢宴会，他往往托故不到。日本朋友去访他，尝穿着洋服衔着雪茄烟；他自己反披着和服，捧着日本式的小烟袋。他以为日本旧式生活含有艺术意味，每见通商大埠渐有欧化的痕迹，便深以为可惜。他平时最爱小孩子、小动物、花木等等。他有一天看见一个人掷猫泄怒，就提起身旁手枪向掷猫的人连放四响，因为他近视，都没有击中。他邻近古庙中有许多古柏，他最好携妇人往柏阴散步。有一天，寺僧砍倒了三棵古柏，他看见了，终日为之不欢。他对妇人叹道："把嫩弱的芽子养成偌大的树，要费几许岁月哟！"他观察事物，极其审慎。因为近视，尝携一望远镜。有一天他捉了一只蚂蚁，便铺一张报纸在地上，让蚂蚁沿着报纸爬行，他一个人从旁看着，一下午都不做旁的事。这时他刚做一篇关于蚁的文字，其谨慎可想。他常说自己看见鬼怪。看起来，他像一个疯人，又像一个小孩子。有一次，他携妇人去买浴衣，本来只需一件，他看见各种颜色都好看，便买上三四十件，店中人都张着眼睛望他。总之，他是一个最好走极端的人，他在生活方面，在艺术方面，都独行其所好，瞧不起世俗的批评。

比思兰以为小泉八云的书札胜似卢梭的“自白”，似未免阿其所好[①]。小泉八云有卢梭的癖性与热情，而无卢梭的天才与气魄，究竟不能相提并论。可是她说小泉八云的著作中以书札为最上品，爱读小泉八云的人们相当有同感。他平时作文，过于推敲。每成一文，易稿十数次。精钢百炼，渣滓净尽，固其所长；而刻划过量，性灵不免为艺术所掩蔽，亦其所短。但是他的信札大半在百忙中信笔写成的，所以自然流露，朴质无华。他的热情，他的幻想，他的偏见，在信札中都和盘托出。平时著书作文，都不免有所为；写信才完全是自己的娱乐，所以脱尽拘束。他的信札，无论是绘声绘形，谈地方风俗，写自己生活，或是谈文学，谈音乐，都极琐琐有趣。他的最大本领在能传出新奇地方的新奇感觉，使读者恍如身历其境。读他在热带地方写的信你会想到青棕白日，浑身发汗；读他的描写海水浴的信，你会嗅着海风的盐气。在他的眼中，没有东西太渺小，值不得注意的。比方他给朋友讨论日本眼睛

① 指为取得某人的好感而迎合他的爱好。

的信，就很别致：

昨夜睡在床上把洛蒂（P.Loti，法国小说家Julien Viaud的假名）从头读到尾，后来睡着了，梦中还依稀见着喧嚷光怪的威尼斯。

以后再谈这本书，现在我想说说我的邪说怪论。你或许不乐闻，但是真理是真理，尽管和世所公认的标准悬殊太远。

我以为日本眼睛之美，非西方眼睛所能比拟。谈日本眼睛的歪文我已读厌了，现在姑且辩护我的怪论。

博德女士说得好，人在日本居久了，他的审美标准总得逐渐改变。这不但在日本，在任何国土都是一样。真游历家都有同样经验。我每拿西方孩子的雕像给日本人看，你想他们说什么？我试过五十次了，每次如果得到评语，都是众口一词："面孔很生得好，——一切都好，只是眼睛，眼睛太大了，眼睛太可怕了！"我们用我们的标准鉴定，东方人也自有其标准，究竟谁是谁非呢？

日本眼睛之所以美，在它所特有的构造。眼球不突出——没有嵌入的痕迹。褐色的平滑的皮肤猛然地很奇怪地劈开，露出闪闪活动的宝石。西方眼睛，除特别例外，最美丽的也不免张牙露齿似的，眼球显然像嵌进头盖骨里去的；球的椭圆和框的纹路都没有藏起。纯粹从美的观点说，无缝天衣是自然的较美的成就。（我曾见过一对最好的中国眼睛，我永远都不会忘掉！）

他接着又说白皮肤不如有色皮肤的美，也很有趣。他平时写信的材料，大半都是这样信手拈来，说得头头是道。有时他也很欢喜谈文学和哲理。给张伯伦教授（Prof. Hill Chamberlain）的信大半都说他的文学主张。比方下面所节录的就是属这一类：

你如果没有读过陀思妥耶夫斯基（Dostoyevsky）的《罪与罚》，我劝你试一试。我觉得这本书是近代第一本有力的言情小说。读这本书好比钉上十字架，可是动人至深。它比托尔斯泰的《高萨克》（*Cassacks*）还更好。我最，最，最爱俄国作家。我以为屠格涅夫的《处女地》（*Virgin Soil*）胜似雨果的《悲惨世界》，我们的最好的社会小说家，也没有人能比上果戈里（Gogal）。

你读过比昂松（BjFrnson）么？如果没有，应该试试《辛诺夫·苏巴金》（*Synnove Solbakken*）。我想凡他所做的，你都会欢喜。他的秘钥在兼有雄伟简朴之胜。任意取一部，你方以为所读的只是做给婴儿读的作品，可是猛然间会有大力深情流露，使你为之撼动，为之倾倒。安徒生（Anderson，以童话著名）的魔力也就在此。这派北欧作者简直不屑修饰，不讲技巧——浑身都是魄力，又宏大，又温和，又诚恳。他们真使我对之吐舌。我就学一百年也写不成一页比得上比昂松，虽然我能模仿华美的浪漫派作者。修饰和富丽的文字不难得，最难得的是十足的简朴。这一两条例子，我不敢说就能代表小泉八云的作风，可是我不能再举了。

约翰逊说断章取义地赞扬莎士比亚，好比卖屋的人拿一块砖到市场去做广告。研究任何人的作品，都不能以一斑论全豹，须总观全局，看它所生的总印象如何。上乘作品的佳胜处都在总印象而不在一章一句的精练。小泉八云的信札要放在一堆，从头读到尾，我们才能领略它的风味。

我对于日本无研究，不敢批评小泉八云描写日本的书籍。我只觉得读《稀奇日本瞥见记》（*Glimpses of UnfamiliarJapan*）和《出自东方》（*Out of the East*）等书，比读最有趣的小说还更有趣。《稀奇日本瞥见记》里面有一篇叫作《舞女》（*Dancing Girl*）已经翻译成法、意、德诸国文字，法国Doux Mondes杂志曾推为世界最好的言情故事。《出自东方》里面的《海龙王公主》、《石佛》诸篇完全是一种散文诗，其音调之悠扬，情境之奇诡，都令人读之悠然意远，论文章，这几种书在小泉八云的作品中也要算是最美丽的。从表面看，它们都是极浅显，极流利，像是不曾费力，信笔写就的；可是实际上，一字一句都经过几番推敲来的。看他给张伯伦教授的信，就可想见他如何刻划经营：

题目择定了，我先不去运思，因为恐怕易于厌倦。我作文只是整理笔记。我不管层次，把最得意的一部分先急忙地信笔写下。写好了，便把稿子丢开，去做旁的较适意的工作。到第二天，我再把昨天所写的稿子读一遍，仔细改过，再从头到尾誊清一遍。在誊清中，新的意思自然源源而来，错误也发现了，改正了。于是我又把它搁起。再过一天，我又修改第三遍。这一次是最重要的。结果总比从前大有进步，可是还不能说完善。我再拿一片干净纸做最后的誊清。有时须誊两遍。经过四五次修改以后，全篇的意思自然各归其所，而风格也就改定妥贴了。这样工作都是自生自长的。如果第一次我就要想做得车成马就，结果必定不同。我只让思想自己去生发，去结晶。

我的书都是这样著的。每页都要修改五六次，好像太费力；但实际上这是最经济的方法。久于作文的人，出笔自能运用自如，著书如写信，不易厌倦。所谓意之所到，笔亦随之，用不着费力。你尽管提着笔，它自会触理成文，仿佛有鬼神呵护。我现在只是写信给你，所以一动笔就写许多页。但是如果做文章付印，我至少也要修改五次，使同样思想在一半篇幅中表现得更有力。我先一定只让思想自己发展。第二天把第一天所写的五页誊清过，再另写五页；第三天把第一天的五页再改过，另外再写五页。每天都写些新材料，可是第一天的五页未改好以前，不动手改第二天的五页。平均每天可写五页（指每日三时工作），每月可写一百五十页。最要紧的是先写最得意的部分。层次无关宏旨而且碍事。得意的部分写得好，无形中便得许多鼓励，其他连属部分的意思也自然逐一就绪了。

我读到这封信，诧异之至：因为我从来没有想到小泉八云的那样流利自然的文字是如此刻意推敲来的。我不敢说凡是做文章的人都要学小泉八云一般仔细。文章本天成，过于修饰，往往汩没天真。但是初学作文的人总应该经过一番推敲的训练。从前中国人，大半每人都先读过几百篇乃至于几千篇的名著，揣摩呻吟，至能背诵。他们练习作文，也字斟句酌，费尽心力。郑谷改僧齐已早梅诗“数枝开”为“一枝开”，齐已感佩至于下拜。张平子做《两京赋》，构思至于十年之久。听说严又陵译书，似未免近于迂腐。加以近代生活日渐繁忙，青年人好以文字露头角。上焉者自恃天才，不屑留心于文字修饰；下焉者以文字为吃饭工具，只求多多益善，质的好坏便不能顾及。一般报章杂志固然造就了不少的文人学者，可是也陷害了许多可以有为之士。读世界文学家传记，除莎士比亚以外，我不知道一个重要作者没有在文章上经过推敲的训练。中国文学语言现在正经激变，作家所负的责任尤其重大，下笔更不可鲁莽。所以小泉八云的作文方法值得我们特别注意。

从东方学生的实用观点说，小泉八云的《演讲集》是最好的著作。我在上面说过，他能看透东方学生的心孔，然后把西方文学一点一滴地灌输进去。“灌输”这两个字还不甚妥当，因为他不仅给你一些文学常识，他所最关心的是教你如何欣赏，提醒你对于文学的嗜好。他自己对于文学是一个极端的热情者，他也极力引诱你同他一块拍掌叫好。他在东京帝国大学充过六年文学教授。（一八九六年至一九零二年。）这六年中他所演讲的，日本学生都逐字逐句地记录下来了。他死后，哥仑布大学文学教授厄斯金（Prof.Erskine）把日本学生笔记的演讲搜集起来，选其最佳者付印，得四巨册。第一第二两册名《文学导解》（*Intrepretations of Literature*）第三册名《诗的欣赏》（*Appreciations of Poetry*）第四册名《生命与文学》（*Life and Literature*）。

厄斯金教授在他的序里说，除柯尔律治（Coleridge）以外，在英文著作中找不出一部批评文集比得上《文学导解》；有时小泉八云且超出柯尔律治之上，因为柯尔律治所谈的只是空玄的文学哲理，到小泉八云才谈到个别作品的欣赏。这番话虽着重小泉八云的价值，也未免过誉。柯尔律治是英国浪漫派文学的开山老祖，而小泉八云只是浪漫主义所养育的娇儿。论创造力，论渊博，论深邃，小泉八云都不是柯尔律治的敌手。他的浪漫主义颇太偏于唯感主义（Sensualism），所以有时流于褊狭。他对于希腊文学只有一知半解，没有窥到古典主义的真精神。在《文学导解》第三讲《论浪漫文学与古典文学》里面，他把古典文学当成纯粹的谨守义法的文学，就显然把古典主义和十八世纪的假古典主义（neo-classicism）混为一谈了。真古典主义着重希腊文学的一种简朴冲和深刻诚挚的风味，假古典主义才主张谨守古人义法，以理胜情。小泉八云的感官欲太强，喜读夺目悦耳的文字，痛恨假古典主义之不近人情，矫枉乃不免于过直。比方他所最爱读的是丁尼生（Tennyson），而阿诺德则被抑为第五流诗人，就不免为维多利亚时代习尚所囿。他生平推崇斯宾塞为第一大哲学家，也是辽东人过重白豕。真正哲学家没有人看重斯宾塞的。

研究任何作者，都不应以其所长掩其所短，或以其所短掩其所长。小泉八云虽偶有瑕疵，究不失为文学批评家中一个健将。就我的浅薄的经验说，我听过比小泉八云更渊博的学者演讲，读过比《文学导解》胜过十倍的批评著作，可是柯尔律治、圣伯夫（Sainte Bouve）、阿诺德、克罗齐（Croce）、圣茨伯里教授（Prof. Saintsbury）虽使我能看出小泉八云的偏处浅处，而我最感觉受用的不在这些批评界泰斗，而在小泉八云。他所最擅长的不在批评而在导解。所谓"导解"是把一种作品的精髓神韵宣泄出来，引导你自己去欣赏。比方他讲济慈（Keats）的《夜莺歌》，或雪莱（Shelley）的《西风歌》，他便把诗人的身世，当时的情境，诗人临境所感触的心清，一齐用浅显文字绘成一幅图画让你看，使你先自己感觉到诗人临境的情致，然后再去玩味诗人的诗，让你自己衡量某某诗是否与某种情致契合无间。他继而又告诉你他自己从前读这首诗时作何感想，他自己何以憎它或爱它。别人教诗，只教你如何"知"（know），他能教你如何"感"（feel），能教你如何使自己的心和诗人的心相凑拍，相共鸣。这种本领在批评文学中是最难能的。研究文学，最初离不了几种入门书籍。在入门书籍中，小泉八云的演讲要算是一部好书。从这部书中，不但初学者可以问津，就是教文学的教师们也可以学到不少的教授法。

文学的教授法是中国学校教师们所最缺乏的。本来想学生们对于文学发生热情，自己先要有热情，想学生们养成文学口胃，自己先要有一种锐敏的口胃。自己没有文学的热情与口胃，于是不能不丢开文学而着重说外国话。拿中国学生比日本学生，最显明的异点就在对于外国文的态度。日本学生虽不会说外国话，而对于外国文学似乎读得比中国学生起劲些。中国学生只学得说外国话，而日本学生却于外国文学有若干兴味，这不能不归功于小泉八云的循循善诱。一个好文学教师的影响，往往作始简而将毕巨。听说日本新文学家许多都曾受教于小泉八云。他在演讲中常说日本文学应该脱离假古典主义的羁绊而倾向于浪漫主义，文学作者应该不拘于文言而采用流利白话。这些鼓吹革命的话，在虔诚景仰的学生们的心中所生影响如何，是不难测量的。他在日本文学史上的位置大概不易磨灭罢。

（选自朱光潜《我与文学及其他》，据《朱光潜全集》卷3）

编 序

最了解日本民族之魂的异乡人

小泉八云（KOIZUMI YAKUMO，1850—1904），原名帕特里克·拉夫卡迪奥·赫恩（Patrick Lafcadio Hearn），1850年生于希腊。年仅两岁时父母离异，不久后便各自婚嫁，将小赫恩交由他的姑姑莎拉照顾。在姑姑的熏陶下，年幼的小赫恩对读书产生了浓厚的兴趣。在他的童年时代，他阅读了大量的希腊文学作品，其中以希腊神话尤甚。

1863年，13岁的赫恩在一次游戏中被飞来的绳结误伤左眼以至失明，这在他一生中都留下了阴影。此后拍照从不以左脸示人。

1867年姑姑破产，赫恩被迫四处游荡。

1869年，19岁的赫恩只身赴美讨生活。甫至美国，赫恩从事过许多底层的工作，这些工作经历使他见识到了当时美国社会的阴暗面，锻造了他敏锐的洞察力。经过五年的努力，24岁的赫恩正式成为一名新闻记者。

1887年，赫恩在机缘巧合下读到了由东京帝国大学教授张伯伦翻译的、日本最古老的史书《古事记》的英译本，正是这本书让他对日本的神话和传说产生了浓厚的兴趣。或许他日后远赴日本的命运自此就已注定了。

1890年，已是不惑之年的赫恩在机缘巧合下以特约撰稿者的身份赴日。到达日本后的赫恩惊讶的发现，日本这个国家的信仰、生活、文化竟与自己的心性如此契合，仿佛自己本就属于这里。于是他毅然辞去薪资优渥的工作，定居日本。经张伯伦教授推荐，赫恩得到了在岛根县松江中学担任英语教师的机会。同年与同为该校英语教师的小泉节子喜结连理，后二人共育有三男一女。

1896年，到日已六年的赫恩正式改为日本国籍，随妻姓“小泉”，名“八云”。“八云”二字取自古老的和歌。一个新的身份就此诞生。同年，他受东京帝国大学之邀教授西洋文学。

1904年，就在著名的《怪谈》出版近半年后，小泉八云因心脏衰竭病逝于东京住处。他在日本的十四年间完成了多部关于日本文化研究的著作并均由英文写成，成为了二十世纪初西方人了解日本的重要桥梁。

牡丹灯笼

东京剧场里绝对不乏观众的剧目之一，便是著名的菊五郎[①]及其剧团的《牡丹灯笼》[②]。这出场景设定在十八世纪中期的诡异剧目，剧本正改编自小说家圆朝[③]的故事，而且以日文口语写成。这故事虽受中国传奇启发，却深具日本地方色彩。我看过这出戏，菊五郎也让我感受到一种新的恐惧快感。“何不让英语系观众也能接触这段鬼故事？”一位带我理解深奥东方哲学的友人这么问。“这需要解释一些在日本人尽皆知、但西方观众却一头雾水的超自然观念。我

---

① 五代目尾上菊五郎（1844—1903），本名寺岛清。“尾上菊五郎”这个称号是历代传承下来的歌舞伎役者“名迹”，目前已传至七代。

② 《牡丹灯笼》是在明治二十五年（1892）首演。故事改编自中国明代小说《剪灯新话·牡丹灯记》，原名《怪谈牡丹灯笼》，并和《四谷怪谈》、《皿屋敷》并称日本三大怪谈。

③ 三游亭圆朝（1838—1900），本名出渊次郎吉，是江户末期到明治时代间的落语家。

可以帮忙你翻译。”

我欣然接受他的提议。我们将圆朝的故事当中较精彩的部分编成浓缩版，也发现得在好几处将叙事简化，同时只聚焦在文本的对话体裁上，因为当中某些对话恰好带有心理层面上的特殊趣味。

以下便是《牡丹灯笼》的幽灵物语：

1

江户牛込[①]这个地方曾经有位旗本[②]，名叫饭岛平左卫门，他有位如同其名般美丽的独生女朝露。饭岛在女儿十六岁时再婚；但他发现朝露和后母相处不睦，于是便在柳岛另外盖了一栋别墅给女儿住，而且请了女佣阿米来伺候她。

朝露在新家住得相当愉快，直到某日，家医山本志丈与一位来自根津的年轻武士萩原新三郎前往她家中拜访。新三郎的相貌异常俊美，而且温柔有礼，朝露因此对他一见钟情，两人很快便陷入爱

① 今东京都新宿区，夏目漱石及尾崎红叶均曾住在此地。

② 旗本原是幕府将军的一种武士身份，在武士阶级中地位最高。

河。在短暂邂逅结束前，他们早已互相私定终身，但老家医对此毫无所知。离别时，朝露更对新三郎低语：“记得！如果你不再来见我，我必会心碎而死！”

新三郎并没有忘记誓言，他也急着想和朝露再次相见，但依礼节他无法单独前往；老医生答应将带他再度拜访，但他得等待下回陪同医生的机会。不幸的是，老医生并没有信守承诺。他察觉到朝露对新三郎的爱慕之情，害怕她父亲会要他为后续严重的结果负责。饭岛向来以取人首级闻名，志丈越想是到那天在别墅里介绍了新三郎之后可能出现的后果，他就越加担心。因此，他刻意避见这位年轻武士，不和他往来。

几个月过去了，朝露幽幽思考着新三郎迟迟未来的真正原因，她认为她的爱已被践踏。于是，朝露日渐消瘦，最后黯然而逝。女佣阿米也因朝露去世而过度悲伤，不久后也继之离开人世。朝露和阿米两人比邻葬在新幡随院[①]的墓园内，那是一座邻近团子坂的寺院，团子坂每年都会举办著名的菊花展。

① 位于东京都足立区，建于正历三年（992）年。

2

新三郎对别墅一访之后发生的事情一无所知，他的落寞和焦虑也让他久病不愈。虽然他身体慢慢复原，但仍旧十分孱弱，直到山本志丈前来拜访。老医生为自己显然迟迟未访编造了许多借口。新三郎对他说：“我从初春开始就患病至今，现在还是难以吞下滴水粒米……但你却从不闻问，这岂非薄情寡义？我本以为我们会再次拜访朝露，我想送她一点礼物，以回报上次的殷勤招待。而且我当然无法独自前往。”

志丈语重心长地回答：“很遗憾，那位姑娘已经过世了。”

“过世了！”新三郎脸色惨白地重复说着，“你说她过世了？”

老医生沉默了一会儿，似乎正在整理思绪。他重新振作，语气轻快，打算轻松带过这个严肃的问题。

“我犯了一个大错，就是介绍了你们俩认识，因为她似乎对你一见钟情。我担心，想必是你在小房间里对她说了什么花言巧语才会如此。我看见她对你有好感，于是我心生忐忑，害怕她父亲一旦得知此事，会把罪全怪到我头上。所以……我就老实说吧……我认为不来打扰你比较好，因此刻意久久避不见面。不过，就在几天前，我碰巧前去饭岛家拜访，惊讶地得知他家千金和女佣阿米的死讯。于是我想起过往种种，明白那位少女爱你至死不渝……哈哈，唉呀，我说你真是个罪人！是的，你就是个罪人！生得这般俊俏模样，让众女子爱你至死，这难道不是罪过？（认真说道）好吧，我们得让死者安息，再多说也无济于事。你现在唯一能做的，就是不断诵读‘阿弥陀佛’为她超渡……再会了。”

老医生匆忙离去。他焦急地想避开继续讨论这件痛苦的事情，因为他觉得自己已被卷入其中。

3

朝露的死讯让新三郎一蹶不振，悲痛了好一段时间。但当他意识到自己心神稍定之后，便将那已逝少女之名刻在牌位上，放在屋中佛坛，日日供奉祭品，诵经祷念。如此，对朝露的怀念便长存在他心中。

新三郎的孤寂感日复一日，一直到了每年七月十三开始的盂兰盆节、也就是亡者之祭之后，才有了变化。那时，他开始装饰住处，准备过节所需的用品，挂起灯笼以指引归魂，在精灵棚[①]上摆出食物以飨亡灵。盂兰盆节首夜，当夕阳西下后，新三郎便在朝露的

① 日本在盂兰盆节时特别架设的供桌，上头会摆置食品，以祭亡灵。

牌位前点起一盏小灯，也点亮灯笼。

那是个月明风静的无云夜晚，而且相当暖和。新三郎这时正在阳台上乘凉。他简单穿着夏季浴衣，静坐着幻想、难过。他有时搧着团扇，有时点起蚊香。此时四方俱静，只有几道人影闪过。他只听见一旁的细微涓流和夜里低鸣的虫音。

但这一切寂静都被一阵女子的下驮[①]声给打破——咔啦、咔啦——那声音越来越近，很快地就来到围绕院子的篱笆外。在好奇心的驱使下，新三郎踮起脚尖，想看看篱笆外来者何人。他看见两位女子正经过。一位拎着一盏美丽的牡丹灯笼，看起来是女佣模样，另一位则是年约十七的纤细少女，穿着绣着秋草图案的振袖[②]。这两位女子几乎同时转头望向新三郎，而他惊讶地发现，这两人正是朝露和女佣阿米。

她们立刻停下脚步，而那位少女大声叫道："啊，真不可思议，是荻原先生！"

新三郎同时对着女佣说："阿米！啊，你是阿米！我清楚地记得你。"

---

① "下驮"即为驹下驮，是一种木造的凉鞋或木屐。由于穿者走在路上时，会发出如同马蹄般的声响，故得其名。

② 和服的一种。根据袖子长度分为大振袖、中振袖和小振袖，大振袖为正礼服，必入五纹；中振袖为准礼服，可以入三纹或一纹；小振袖则是一般装束。

“萩原先生！”阿米语调十分讶异地喊道，“真不敢相信这是真的！……先生，我们听说您去世了。”

“怎么可能！”新三郎大叫，“我反而听说是你们两位过世！”

“啊，真是坏心。”阿米答道。“这些坏话怎么一直这样传着？……是谁告诉您的？”

“快请进。这院子门没关，进来说话比较方便。”

于是他们进了屋内，彼此寒暄。正当新三郎殷勤招待两人时，他说道：

“相信你们会原谅我这么久都未和两位联络的无礼举止。但那位老医生志丈大概在一个月前告诉我，说你们两位都已过世。”

“所以是他告诉您的吗？”阿米惊呼。“说这些话真是恶毒。不过这个嘛，您去世的消息也是他告诉我们的。我想，他是要蒙骗您，而且这也不难，因为您对他人都那么信赖。不过我的主人可能也隐藏了她对您的爱意，以躲避她父亲的耳目。要是他知道了，小姐的继母阿国——让医生告诉您我们的死讯可能就是这女人的设计——便可拆散你们俩。无论如何，小姐一得知您的死讯，她立刻打算削发为尼，不过我马上阻止她，劝她这念头放在心中就好。后来，她父亲希望她嫁给某个年轻人，但遭她拒绝。于是便引来一连串的麻烦事，主要都是来自阿国，我们也因此搬离别墅，找到一间位于谷中山崎的小屋住下，靠着一点私活勉强维生。今天是盂兰盆节的第一天，我们参拜了几间寺庙，夜这么深，正要返家，这巧遇就这么发生了。”

“太不可思议了！”新三郎叫道。“这是真的吗？还是我在作梦？我方才正好在她的牌位前诵经！你看！”他指向佛坛上朝露的牌位。

“非常感谢您的思念之情，”阿米微笑着答道。“至于我的主人，”她边说边转头望向了朝露。她依旧端庄娴静，执着袖子半遮着脸。“至于我的主人，她的确说她为了你，不在乎与父亲断绝七生关系[①]，甚至不惜受死！说吧！你是否愿意让她在此过夜？”

新三郎因过度欣喜而脸色苍白。他颤抖着说道：“请两位今晚在此留宿，但切勿大声交谈，因为隔壁住了个麻烦人物，是位取名白翁堂勇斋的面相师。他专门以看人面相论断吉凶，非常喜爱东探西问，所以最好还是别让他听见。”

两位女子于是便在武士家中过夜，并在破晓前返家。之后她们连续在武士家中住了七晚，无论阴晴，总是在同一时刻出现。新三郎对朝露愈加痴迷；这对日益亲密的恋人，比铁做的脚镣更加紧紧相依。

---

① “七生”意指七次连续轮回。在日本戏剧或故事中常见父亲声称要与子女断绝“七生关系”。这种断绝被称为“七生までの勘当”，即断绝七世关系——象征于此世之后的六世，犯错子女都会持续对亲子关系不满。

4

新三郎住处附近的小屋里住着一位名叫伴藏的人，他和妻子美音都在新三郎家中帮佣。两人似乎都对新三郎忠心耿耿；在新三郎的帮忙下，他们也才能过着相对舒服的生活。某晚，夜已深，伴藏听见主人家中传来女人的声音，他因而心神不宁。他担心为人和善又多情的新三郎会被某些狡诈诡计所骗——若是如此，家中帮佣肯定会最先受到波及。于是，他决定持续观察。隔天晚上，他踮起脚尖走向新三郎的住处，从窗板缝隙向内窥视。借着卧房中的灯笼余光，他看见他的主人正和一位陌生女子在蚊帐中聊天。一开始他看不清那女子的长相，因为她背对着伴藏。从她的穿着及发型，他只能看出这位女子十分纤瘦，而且看起来相当年轻①。他侧着耳朵，从缝隙中清楚地听见了两人的对话。女子说道："如果我和父亲断绝关系，你是否会让我住进来？"

新三郎答道："当然好。不，我应该说非常荣幸。但你毋须担心会和令尊决裂，毕竟你是他的独生女，而且他爱你至深。我担心的是我们未来会被无情地拆散。"

她温柔地回答："不会的。我从来没想过接受其他男人成为我

① 根据日本习俗，女性服装的颜色、款式与发型的风格，依照年龄有严格的规范。

的夫君。就算是我们的秘密见了光，父亲要为我的作为取我性命，我就算死了也绝不会断绝对你的相思之情。如今我很肯定，假如没有我，你也无法常存人间。”……两人紧紧相拥，她的唇贴着他的颈，彼此互相依偎爱抚。

伴藏很纳闷自己耳中听到的话，因为那女子所言并非一般民妇的语汇，而是极具身份地位者才会用的词语。于是他决定冒险一睹女子的长相。他蹑手蹑脚地绕着房子，前前后后从各个缝隙窥探。终于，他看见了女子的面容——但背脊也一阵发凉，毛骨悚然。

因为那是一张死亡已久的女子面容，她正爱抚着男子的手指仅剩骨头，而且不见下半身，那已消失在淡薄的影子当中。那被爱意蒙骗的双眼所看到的年轻、优雅和美貌，在窥探者眼中，只剩下恐惧和死亡的空无。此外，女佣的身形更是古怪，在屋内扶摇而上，仿佛察觉到了他的存在，迅速扑向伴藏。万般惊恐的伴藏飞也似地逃往白翁堂勇斋家，疯狂地猛敲大门，想把他叫醒。

5

面相师白翁堂勇斋的年纪相当大，他年轻时经常云游四海，见识过许多奇事，因此没什么吓得倒他。然而惊吓不已的伴藏所描述的事，依然让他既担忧又惊骇。他曾在中国古书中读过人鬼恋的传说，但他从不相信世上真有其事。不过，他认为伴藏所述均非刻意造假，而且萩原家中确实有些异状。如果伴藏所言属实，而非幻想，那么这位武士恐怕已凶多吉少了。

“如果那女人是鬼，”勇斋告诉伴藏，“如果那女人是鬼，除非使用非常手段，否则你的主人肯定即将遭遇不测。如果那女人果真是鬼，他的脸上便会出现凶兆。因为活人的气是纯净的阳气，死者的则是不洁的阴气：前者正向，后者负向。一个男人娶个鬼新娘是活不下去的。就算他能长命百岁，气血也很快就会耗尽……话说回来，我会尽力营救萩原。伴藏，这件事你可别让人知道，就算是对你妻子也不可说。日出之后，我就去你主人家中走一趟。”

6

隔天早上，勇斋询问新三郎，他起初否认有任何女子到过他家，但发现说这谎言根本毫无用处。他感觉这位老人登门拜访并无企图，最后终于被说服，承认确有此事，也娓娓道出要隐藏此秘密的理由。新三郎说他有意尽快将饭岛小姐娶进门。

“你疯了吗？”因为惊吓而失去耐性的勇斋叫道，“你可知道，那些夜夜登门造访的全都是死人！你中了妖法幻术！……为什么？简单地说，你一直认为朝露小姐已过世，不停为她诵经，在她牌位前供奉祭品，这难道还不够证明吗？你吻过亡魂！那死者的手曾爱抚过你！就算这当下，我都能看出你面露死相，偏偏你却不信！……先生，要是你想保住这条命，现在就听好，这句话就算我求你了，否则你只剩不到十二天可活。那两个女人告诉你，说她们住在下谷区的谷中三崎，你可曾去那里拜访过她们？没有！当然没有！那今天就去看看吧，越快越好，快去谷中山崎找找她们的家在哪里！”

白翁堂勇斋激动地说罢这番建议后，毅然转身离去。

新三郎虽惊愕，但当下仍未被说服。然而，再三思索面相师的建议后，他决定前往下谷一探究竟。当他抵达谷中三崎一带时，天色才刚亮，于是他开始寻找朝露的住所。他搜遍大街小巷，端详每一户门牌上的姓名，寻找每一个出现在面前的探查机会。但他仍然找不到朝露描述的那栋小屋，也没人知道这附近哪里住有两位单身女子。新三郎最后觉得，再往下找也无济于事，于是便抄捷径回家，而此条路正好穿过新幡随院。

突然间，他被两座并排在寺院后方的簇新墓碑吸引。一座是普通的墓，就像是寻常百姓会立的碑，另一座则是富丽堂皇的大碑，碑前还悬着一盏美丽的牡丹灯笼，看起来似乎从盂兰盆节那时就挂到现在。新三郎回想起当初阿米拎着的那盏牡丹灯笼，似乎跟这盏颇为相似。这个共通点让他心生疑窦。他再次看了看墓碑，但碑上也看不出什么线索。这碑上没有俗名，只有戒名。于是他决定向寺方探问，看能否问出蛛丝马迹。寺僧回应的说法是，那座大型墓碑是最近为了牛込旗本饭岛平左卫门的女儿所建，而小的则是为了在其女死后不久也跟着离世的女仆阿米所建。

新三郎立刻想起阿米曾意有所指地说："我们搬离别墅，找到一间位于谷中山崎的小屋住下，靠着一点私活勉强维生。"这地方的确是栋小屋，而且正位于谷中三崎。但私活指的是什么?

满心恐惧的新三郎快马加鞭地赶回勇斋家中，乞求他的建议与协助。但勇斋表明此事他无法提供任何帮忙。他唯一能做的，就是将新三郎送到新幡随院的高僧良石和尚那边，并附上一封信，希望良石和尚能给予法力保护。

7

高僧良石是位博学的圣人。他凭借天眼，知道所有悲伤的秘密，以及因果报应的源头。他冷静地听着新三郎说完来龙去脉后，对新三郎说道：

“由于你前世的业障，你现在非常危险。欲置你于死地的这业障十分强大，就算解释，你可能也无法理解。所以，我只能告诉你一件事。这鬼魂并不恨你，也无意害你或对你抱有敌意。相反地，她深深爱着你。也许这女子在你前世便已爱慕你许久，或许从三世或四世前就已开始。看来无论她轮回到哪一世，都无法不再紧追不舍。因此，要逃离她的掌控并非易事……我现在给你这个法力强大的御守。这纯金打造的牌子上刻有佛像，是为海音如来，因其佛法犹似海潮之声。这尊小佛像的殊胜之处在于避邪，能让生者远离邪灵。你必须将之装袋收好，放在腰带里，千万不可离身……此外，我稍后会在寺内进行‘施饿鬼’仪式，超度恶灵得安息。这里还有一本《雨宝陀罗尼经》[①]，你每晚在家中仔细吟诵，不可中断。最后，这里有一包御札[②]，无论门窗大小，务必在家中每道出入口贴上一张。如此一来，符咒的法力可保护你免受亡魂侵入。无论发生什么事，诵经都不可停止。”

新三郎衷心谢过高僧后，便带着御守、佛经及一包御札，在日落前速速返家。

---

① 十八世纪时，由印度僧人不空从梵文译成中文的短经的日文发音。

② 御札是作为符咒或护身符的宗教文字通称，有时会盖在或刻在木头上，但通常是写印在小纸条上。御札会贴在家门口上、房间墙上、佛坛桌上等等。有些御札能让人随身携带，有些则会做成丸状，让人吞服作为民俗疗法。大型御札则通常会包含图像或符号化的图案。

8

在勇斋的协助下，新三郎得以在天黑前将家中缝隙全贴上符咒。勇斋随后便返家，留下新三郎一人。夜幕低垂，是夜天清暖和。新三郎紧闭门户，将珍贵的御守系于腰间，进入蚊帐内，就着灯笼烛火开始诵念《雨宝陀罗尼经》。虽然他念了很久，却不甚了解当中意涵，于是他稍作休息。他内心依旧被今日发生的许多怪事烦扰。此时午夜已过，但他迟迟无法入眠。最后，他听见自传通院传来的八点报时钟声[①]。

钟声一停，新三郎随即听见了一如往常走来的木屐声——但这次走得更慢：喀啦、抠隆！他额上立刻冒出了冷汗。于是，他颤抖的手立刻翻开佛经，一遍又一遍地大声诵念。脚步声越来越近，到了屋外篱笆前停了下来！然而奇怪的是，新三郎突然觉得无法继续待在蚊帐中，某道比他的恐惧感还要强大的力量正驱使他向外看，他也不再持续诵念《雨宝陀罗尼经》，反而痴傻地走向隔窗前，透过缝隙窥视屋外的景象。那是朝露站在屋前，阿米正提着牡丹灯

---

① 根据日本古时制，八时相当于凌晨二时。每个日本时辰都等于两个小时，所以他们采用六时制，而非十二小时制；而这六个时辰是倒过来报时的——即九、八、七、六、五、四、三、二、一。因此第九时等于西方的正午或是午夜；九时半刻等于上午或下午的一点，八时等于二点。而凌晨两点又称为丑时，是日本鬼魅出没的时分。

笼，两人望着贴在门上的佛经符咒。此时的朝露从未——即使在生前也是——看来如此美丽；新三郎感觉内心无法抗拒地为她着迷。但对死亡及未知的恐惧阻挡着他，也让他在爱情与担忧之间来回挣扎，饱受如同焦热地狱[①]般的肉体折磨。

没多久，他听见了女佣说话的声音：

“亲爱的主人啊，这里已无路可进门了。萩原先生想必已变了心。他打破昨夜的约定，门也紧闭着，把我们挡在外头……总之，我们今晚是进不去了……您别再将心思放在他身上才是明智之举，因为他肯定不爱您了。这就是他不想见您的证据啊。所以最好还是别再为这个负心汉自找麻烦了吧。”

只是少女哭着答道：“喔，一想到我们互许的誓言曾有可能真的实现……我常听人说男人的心就像秋日天空一样瞬息万变；我也曾相信萩原先生不可能如此狠心将我拒于门外！阿米，看样子是没法挽回了。除非你愿意，不然我绝不会返回老家。”

朝露执袖遮脸，持续乞求着。她看起来十分美丽动人，但对死亡的恐惧依然笼罩着她的爱人。

阿米最后终于说道：“亲爱的小姐，您何苦为这样的负心汉自寻烦恼？好吧，我看看后院是否有门路能进去，跟我走！”

---

① 焦热地狱是日本佛教八大地狱中的第六层。地狱的一天相当于凡间千年，亦有一说是百万年。

阿米抓住朝露的手，带着她走向屋后。突然间，随着灯笼烛火熄灭，两人也继而消失在夜色中。

9

每晚丑时，两缕幽魂都会来到屋前，新三郎也听得见朝露夜夜的啜泣声。此刻他相信自己得救了。但新三郎万万想不到，他所仰赖的伴藏，其实早已决定了他在劫难逃。

伴藏曾向勇斋保证，绝对不会向任何人吐露最近发生的诸多怪事，就连枕边人亦然。然而伴藏却饱受鬼魅缠身、无法好好休息所苦。原来阿米的魂魄每晚都会飘进他的屋里，把他唤醒，逼他撕掉新三郎屋后一扇小窗上的符咒。伴藏出于恐惧，常向她表示翌朝就会撕掉符咒，但他从未真的动手，因为他相信这恶灵是冲着新三郎而来。终于，在某个暴雨之夜，他在梦中被阿米大声斥责，因而吓醒；她还飘在枕头上对着伴藏说道：“要是你敢小看我们，就试试看！如果明晚你还没有撕掉那张符，你就会知道有什么下场！”阿米说话时那恐怖的神情，把伴藏吓得半死。

伴藏的妻子美音至今一直都不知道有这些怪事发生：就连伴藏也觉得那只是噩梦。但就在此夜，美音刚好突然惊醒，她听见有个女声正对着伴藏说话。几乎就在同时，那声音戛然而止。美音环顾四周，只见伴藏在夜灯的微光中全身颤抖、脸色苍白。陌生人此时已消失，门户也紧闭着，屋内似乎没有人进来过。然而美音这时已有戒心，于是她斥责伴藏，质问到底发生了什么事。伴藏本以为自己不小心说漏嘴，于是便一五一十地全盘托出最近受鬼要挟的事。

暴怒的美音听了后变得又惊又惧，但她终究是个聪慧的女人，便立刻想出一套计划，要牺牲主人来挽救丈夫。于是她给了伴藏一个狡猾的建议，告诉他如何和亡灵交涉。

朝露和阿米的魂魄隔夜依旧于丑时前来，这次美音一听到她们的脚步声便躲了起来——喀啦、抠隆！但伴藏则在黑暗中与她们见面，甚至提起勇气道出妻子叫他说的话：

“我的确该受您的指责，但我无意冒犯两位。我迟迟未撕掉符咒，是因为我们夫妻俩只能仰赖萩原先生过活；我们不能让他性命不保，否则我们的日子可就难过了。不过，要是您能给我们黄金百两，我们或许能达成两位的需求。这么一来，我们也不必看人脸色。所以，您要是愿意付钱，我就不必担心生计，那么也就可以把符给撕了。”

伴藏提出要求后，朝露和阿米沉默地对望了好一会儿。阿米随后对朝露说道：

“小姐，我早说过不该麻烦这个人，我们没理由给人家添麻烦。你这么思念萩原君也是没用的，因为他早就不爱您了。亲爱的小姐，我现在再求求您，别再想他了！”

但朝露哭着回答：

“阿米，可是我无论如何就是不能不想他！那符咒只要花百两黄金就能撕掉……再一次就好，我求你，阿米！只要让我与萩原君再见上一面——算我求你了！”朝露一说完，脸便埋进长袖中，啜泣不已。

“唉，您为何要叫我做这些事？”阿米说道。“您也知道我身无分文。我苦口婆心说了这么多，但既然您还是这么坚持，我看我还是得在明晚之前筹到钱。”于是，她转身对那位叛徒伴藏说道：“伴藏，我告诉你，萩原君身上带着‘海音如来’的御守，我们无法接近他。所以你得不择手段拿下这御守，还有撕掉贴在门上的符咒。”

伴藏唯唯诺诺地答道：“这我也办得到，只要你保证给我百两黄金。”

“好了，小姐，”阿米说道。“您可以等到明晚吧？”

“阿米！”朝露啜泣，“今晚又是见不着萩原先生就得回去吗？这太残忍了！”

于是，朝露痛哭的幽魂，便被阿米带回家。

10

一天就这么过了。此时又是另一夜降临，死亡也随之而来。然而今晚萩原宅前再也没有任何啜泣声，因为叛徒佣人在丑时拿到了酬金，依约撕掉了符咒。他更趁新三郎入浴时偷走御守内的金牌，改换成铜制的赝品，而且在荒郊某处把那海音如来的金牌给埋了。于是，再也没有什么能阻挡这两位访客。她们执袖遮脸，宛如飘飘烟雾，从撕去符咒的小窗进屋。没有人知道随后屋内发生了什么事。

隔天，伴藏又来到主人住处敲门，此时已是日正当中。今天是多年来头一遭屋内无人应答，这寂静让他害怕起来。他不停唤着主人，屋内依旧毫无回应。伴藏在美音的协助下进到了屋内，独自径直走向寝室，大声呼唤，只是房内依旧没有回音。他拉起门帘，让日光照进屋内，但屋内仍无动静。最后，伴藏鼓起勇气，掀开蚊帐。但他一往内看，随即惊恐大叫，飞也似的冲出屋外。

新三郎死了，而且死状凄惨，他的遗容就像受到极度惊吓而死。躺在他身边的，是一副女人的骸骨！那骨骸的双臂及手掌正牢牢掐住他的脖子。

11

占卜师白翁堂勇斋在叛徒伴藏的请求下，前来看遗体。这位老人第一眼看到时，既惊吓又震惊，但他还是仔细察看。勇斋很快就发现，贴在屋后小窗上的符被撕掉了，他在新三郎遗体下翻找，也发现御守中原有的金牌遭人抽走，被以不动明王的铜像调包。他立刻怀疑是伴藏搞的鬼，但整起事件太过诡异，于是他决定在采取下一步之前，先和高僧良石讨论。在仔细看过遗体后，勇斋便速速赶往新幡随院。

良石不待勇斋告知来访的目的，立刻请他进入密室。

“本院永远欢迎您随时来访，”良石说道。“请随意……很遗憾，我要告诉您新三郎过世的消息。”

勇斋讶异地惊呼：“对，他死了。可是您怎么知道？”

高僧答道：“萩原是遭恶业所害，而且他的家仆并非善类。新三郎原本就在劫难逃，他的命运在前世便早已注定。您切勿为受此结果困扰。”

勇斋说道：“我曾听闻，清心寡欲的僧人能预见百年内的未来，但这次我才真正亲身领教到这法力的高强。不过，还有一件事令我不安，那就是……”

“您指的是，”良石打断勇斋所言，“被调包的海音如来御守。您无须担心。这金牌被埋在荒郊外，明年八月会被发现，回到我手中。所以切莫烦恼。”

越来越惊讶的老占卜师大胆地说道：

“我研究过阴阳占卜之道，而且也以为人算命维生，可是我不解您是如何通晓这些事的。”

良石严肃地回答：

“别管我怎么知道……现在我想和你讨论萩原的葬礼。萩原家族当然有其自家的墓地，但不宜将他埋在该处。他得葬在饭岛朝露小姐的墓旁，因为他们俩有非常深厚的因缘。而且必须由你出资建墓，因为你曾受过他许多恩惠。”

于是，新三郎葬在朝露旁，也就是谷中三崎的新幡随院墓地。

这就是牡丹灯笼的幽魂传说。

友人问道，这则牡丹灯笼的故事是否吸引我。我回说，我想去新幡随院的墓地瞧瞧，以更清楚了解这位作者研究的地方色彩。

“那我们立刻出发吧。但你对当中角色有什么想法？”

“以西方的角度来看，新三郎是个卑鄙小人。我在精神上把此人和西方叙事文学中的真爱情侣相比。他们都十分欣然地与死去的爱人共赴黄泉；然而身为基督徒，这些情侣相信人只能活一次，可是新三郎是个佛教徒，佛教徒相信人有无数前世和来生，他却自私到无法为了一个为他而从黄泉复返人间的可怜女子放弃此生。与其说他自私，他更是懦弱。虽然新三郎身为武士、受武士训，他还是得求助高僧以避幽魂纠缠。无论如何，他都证明了自己的可鄙卑劣。朝露确实是该把他掐死。”

“不过从日本人的观点来看，”友人回应，“新三郎也相当卑劣。但作者如果不利用这个懦弱的角色，就发展不出一个这么带有张力的故事。我认为，这故事当中唯一吸引人的角色是阿米，这是一种古时的忠诚、深情的仆人类型。她聪慧、精明、机智，对主人的忠心不管是生前还是死后都不渝。还有……唉，不多说了。我们去新幡随院吧。”

我们发现新幡随院相当无趣，而且墓地一片荒芜。过去曾是墓地之处，如今点缀着几片芋叶。当中的墓碑东倒西歪，碑文也因为尘垢，难以辨读，仅剩空荡的台座、四散的水钵，还有断头缺手的佛像。近日的雨水浸润着黑色土壤，使得此处成了一座泥泞的小池，其间还有许多跳跃的小青蛙。除了芋叶，这里的一切似乎早已多年无人闻问。进门之处有座小屋，我们发现有位女子正在备餐，于是友人便上前冒昧请教她，是否知道牡丹灯笼的故事里所提及的墓碑细节。

“啊！朝露和阿米的墓是吗？”她微笑答道。“就在院后第一排的尽头，地藏王菩萨旁边。”

如此令人惊讶的亲切感，我也曾在日本他处感受过。

我们在芋叶的新绿间跳着穿过积着雨水的小塘，这些芋叶肯定吸收了许多其他朝露和阿米的养分。我们来到尽头两座长满苔藓的墓碑前，上头的碑文似乎已被磨平。在较大的碑旁，则是一座断了鼻子的地藏王菩萨像。

“这些墓碑不好辨识，”友人说道，“可是，等一下！”他从袖中取出一张白纸铺在碑上，开始用一块黏土磨纸拓印碑文。磨着磨着，抹黑的纸上便开始出现白色的字迹。

“宝历六年（一七五六）三月十一日——子岁，兄，火……这似乎是根津附近的一个名叫吉兵卫的旅馆主人的墓。我们再看看另一个碑上写了什么。”

他拿出另一张干净的白纸，立刻拓印出另一个戒名，读着——

“‘圆明院法曜伟贞谦志法尼’。这不知道是哪位尼姑。”

“真是个大骗子！”我大叫，“那女人只是想寻我们开心罢了。”

“你这么说，对那女人就不公平了。”友人反驳，“你到这里来，只是因为想得到一个刺激的答案，她已经尽力满足你了。你该不会认为这怪谈确有其事吧？”

他们在日落时分抵达山脚。那里杳无人迹，没有涟漪、没有树影、亦不见飞鸟，只有从荒芜中浮现的荒芜，而峰顶远在天边。

佛陀随后与他的年轻僧人说道："你所求见的将会示现在你面前，但目标遥远，路途崎岖。跟上吧，莫惊慌，你会获得勇气。"

登山时，暮色让他们沮丧。那里没有人径、不见足印。这条路落在一堆堆无止尽的崩塌碎石上，碎石随着踏下的脚步滚动、翻转，有时喀嗒喀嗒地伴随空洞的回音滚落，有时踩过的东西会如空壳般爆裂……群星闪烁，黑夜深沉。

"莫惊慌，孩子，"佛陀如此教诲，"此地无危险，但路途满荆棘。"

他们在星空下登山——快，快——借着超人力量往上爬。穿过高空迷雾后，他们看见脚下是一片比沿途更宽广的景象，一片深不可测、宛如乳白浪涛的云海。

他们毫不停歇地攀登，那轮廓无可见的东西在他们脚下闷声地裂开，森森鬼火在每次碎裂中忽暗忽明。

年轻朝圣者的手搁在某个平滑的东西上，但那不是石头；他拿起这东西，隐约瞧见一颗骷髅。

“别耽搁，孩子！”导师催促着，“峰顶仍在远处！”

他们穿过黑暗朝上爬，一直感觉到脚下那闷声的碎裂，看见鬼火忽明忽暗，直到夜色渐明，众星落下，旭日即将东升。

但他们仍持续上山——快，快——借着超人力量往上爬，周遭冰寒刺骨，尽是无声阒寂。此时，东方燃起金色光芒。

年轻朝圣者眼中最先见到的是一片光秃的峭壁，他不停发抖，感到一阵恐惧。因为那里不见任何土地，无论身前身后，四处皆无，只有成堆满布的无数恐怖骷髅、碎骨和骨灰，而且处处散布着残落人齿，宛如潮汐冲上岸的贝壳碎片，微微闪烁。

“莫惊慌，孩子！”佛陀大叫，“唯有强大的意志方能征服这片景象！”

在他们身后，世界已然湮灭，仅剩下方的云海和顶上的天空，以及两者之间的骷髅坡，斜耸直至眼界尽处。

旭日随着他们缓缓升起，但阳光中没有温暖，而是冷冽如剑的冻寒。对惊人高度的恐惧、对无比深谷的梦魇，还有对空寂的惊骇，逐渐扩大，加诸这朝圣者身上，让他举步维艰，所有气力瞬间离他远去，让他宛如梦间呓语般呢喃着。

“快，快，孩子！”佛陀喊着，“时间无多，路途仍远。”

但朝圣者大叫：“我好怕！而且我已经没有力气了！”

“力气会恢复，孩子，”佛陀如此答复。“且看看你脚下、眼前、四周，告诉我你见到了什么。”

“我办不到，”朝圣者紧绷地发抖大喊。“我不敢往下看！我身后及眼前只见人骨满布。”

“孩子，你还没，”佛陀温柔地笑道，“你还没明白这座山是什么构成的。”

他发抖地回应：“我好怕！非常怕！这里只有人骨！”

“这是骷髅山，”佛陀回答。“不过，孩子你要知道，这些人骨都是你自己的！每个骨骸过去都曾是你梦想、幻象及欲望的巢窝。这当中没有一个是别人的骸骨。全部，无一例外，这些全都是你无数前世的骨骸。”

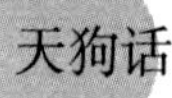

天狗话

后冷泉天皇时代[①]，邻近京都的比睿山西塔寺中住着一位高僧。某个夏日，这位善僧从访京回程途中行经北大路时，看见几个男童正在虐待一只鸢鸟。他们设陷阱捉住了鸟儿，正用棍子捶打他。“喔，可怜的鸟儿！”高僧慈悲地叫着，“孩子们，为何这么欺负他呢？”

其中一个男童答道：“我们想杀他来取羽毛。”高僧听了便生出慈悲心，于是说服孩子们，以他随身的扇子交换这只鸢鸟，随后将他放生。这只鸟儿未受重伤，因此还能高飞。

因为做了一件符合佛家功德的事而开心的高僧，接着便继续前行。不过，没走多远，他就看到一位形貌殊异的和尚从路旁的竹林中快步朝他走来。那僧人恭敬地向高僧致意，并说道：“先生，

---

① 后冷泉天皇（1025—1068），日本第七十代天皇。

由于你的慈悲心肠，我才得以保住一命。我想适切地表达感谢之意。”听到这番话，高僧惊讶地答道：“我不记得我们曾见过面。请问贵姓大名？”“您认不出我现在的样子是正常的，”和尚答道，“我就是方才那只在北大路受男童虐待的鸢鸟。您救了我一命，这世上再没有什么比性命更宝贵的了。因此我希望能以某些方式回报您的这份恩情。如果您有任何想得到、知晓或欣赏的东西，简单说，就是如果有我能帮得上您的地方，请您直说。因为我恰好拥有能力尚弱的六种神通之力，能满足几乎所有您说得出来的愿望。”

高僧听到这段话，便明白眼前这位和尚正是“天狗”。于是他坦率直言：“老夫如今年届七十，早已不在乎俗事，凡尘名声或人间享乐对我早已不具吸引力。唯有来世让我焦虑。但既然这任谁也帮不上忙，再多问也无用。但我想到唯独一事值得祈求，这一直是我毕生之憾，那就是我无法亲临释迦如来那时的印度，也无法参加神圣的耆阇崛山大结集[①]。每日晨诵和夜祷时，只要这悔恨无法消除，就不算真的度日。啊！如果我真能像菩萨那样穿越时空，那么就能亲眼见识那不可思议的聚会场面。那样该会多么快乐！”

“那么，”天狗大喊，“您这虔诚的愿望可以轻易达成。灵鹫山

① 耆阇崛山大结集，也称为王舍城结集或五百结集。文献记载大迦叶尊者曾率五百罗汉举行第一次结集活动，为佛教经律的起源。

上那场结集我依然记忆犹新。我有办法让当时的景象如实呈现在您眼前。能呈现如此神圣的场合真是我们莫大的喜乐……跟我来！”

于是，高僧被带到一处松林间的山丘上。“现在，”天狗说道，“您只需闭眼在此稍候片刻，在听见佛法传道声前都不可睁开眼睛。当您看见佛陀现身，千万不可让您的虔诚心影响您。千万不可鞠躬、不可祈祷，更不能说出任何如‘菩萨’或‘我佛慈悲’这种话。总之千万不能出声。如果您表达出任何敬谢之意，就算只是微微出声，也可能会让我遭逢不幸。”高僧欣然承诺愿意遵守这些规范。于是，天狗疾疾离去，像是准备施法。

太阳逐渐落下，夜幕降临。高僧此时仍在树下闭眼耐心等候。最后，一阵声音突然回荡在他上头，哪是一道美妙之音，那声音深沉、清晰，宛如洪钟响声，那正是释迦牟尼的传道声。高僧随后在一道耀眼的光芒下睁开双眼，发现眼前景象已完全改变——此处的确是印度圣山灵鹫山，此时也的确正是吟诵《妙法莲华经》之际。如今四周已无松林环绕，取而代之的，是七重宝珠果实和树叶构成的耀眼树木，地面也覆满从天而降的曼陀罗花及曼珠沙华。这暗夜里也满溢天籁之音的香气和华美。高僧看见半空中，宛如天上之月，佛陀正安坐狮子座上，右为普贤菩萨，左为文殊菩萨，他们前方是一群以菩萨及摩诃萨为首、宛如星海般从大空无限扩展的群众，当中包括数不尽的诸天、夜叉、龙、阿修罗、人、非人等。高僧看见了舍利弗、迦叶、阿难陀，还有如来的所有弟子，以及诸位天人之首、宛如火柱的四大天王、四方之海的诸位龙王、干达婆及迦楼罗，以及日、月、风大神，梵天之空更闪耀着无数光芒。接着，比环绕四周的那些无数光芒更显无与伦比的，是他看见此时自释迦牟尼额头射出的一道光，映照着一百八十万东方佛境及其住民，以及六道中的所有生物，甚至还看见已入涅槃的寂灭诸佛外貌。这些，以及所有神魔，高僧看见他们全都在狮子座前鞠躬；他也听见无数群众吟诵《法华经》的声浪，犹如佛前的怒涛。看着如此景象，高僧忘了先前与天狗的约定，痴心想着他竟能站在佛陀面前；他不禁俯卧在地，流着感恩欣喜之泪大喊："我佛慈悲！"

突然间，一阵天摇地动，这幅壮阔景象随即消失。高僧发现自己独自身处黑暗当中，跪倒在山丘的草地上。由于这番景象已散，再加上他因一时冲动毁了约，高僧感到一阵难以言喻的哀伤。正当他难过地踏上归途时，天狗再次现身在他眼前，并以痛苦及斥责的语气说道："由于你未遵守约定，而且掉以轻心地被自己的情感控制，教法的守护者'护法天童'突然从天而降袭击，暴怒殴打我们，而且大喊'你竟敢欺瞒这位虔诚信徒？'我集结来的其他法师纷纷惊慌逃窜，我自己也断了一只翅膀，所以我现在也无法飞了。"语毕，天狗随即消失无踪。

占卜

我曾经认识一位算命仙，他确实深信他以之为业的那一套学理。身为中国古老哲学的门徒，他在有意操持此业之前，就已相信占卜。在青春年少时，他曾在一位有钱的大名麾下，但随后在明治维新后陷入了一筹莫展的窘境，一如其他千百位武士。于是他成了算命仙，一个漂泊的占卜师，徒步逐镇而行，一年顶多返家一次。他的算命仙工作颇为成功，我想主要是因为他的真挚，以及应对时少见的谦恭有礼，因而特别让人信赖。他使用的占术属于古老学派，利用西方人熟知的易经和一组黑檀木片排成的八卦阵，而且总是先诚挚地祝祷一番后才开始卜卦。

在专家的操作下，这套易学占卜系统可说是万无一失。但他也承认，过去曾有几次占卜失误；不过，他认为这些错完全是因为自己误解了某些文字或卦象。为了公平起见，我得说，就我来看（他替我算过四次命），他的预测当中带有相当程度的智慧，这让我不由得害怕。也许你不相信算命，甚至自认理智地轻视占卜，但某些流传下来的迷信观念却在我们多数人的血液当中流动着，再加上一些奇特的经验正好与这观念相符，于是便对某个算命仙预言的好运或厄运，产生毫无理性的希望或恐惧。倘若真能预见我们的未来，那将是一场悲剧。想象一下，如果你知道两个月后会发生的事，以及那些你根本无法避免的灾难厄运，将会是何种境地！

我首度在出云遇见这位算命仙时，他已垂垂老矣，年纪绝对高过六十，但容貌依旧青春。之后我在大阪、京都及神户都见过他。我曾多次劝他在酷寒冬季到我家过冬，因为他对传统所知甚多甚广，对我的写作会有难以估量的帮助。但也许是因为浪游已成为他的第二天性，或许也是因为他就像吉普赛人那般喜爱独立，我总是没办法要他在家中多留个两天。

算命仙每年都会来到东京，时间通常是在秋末。待上几周后，他便在东京到处移居，从这区到那区，而后再度消失。但在这趟浪游之旅期间，他总会前来探访，带来令人欣喜的出云人事近况，以及一些奇特的小礼物，通常是来自某些知名圣地的宗教物品。每逢此时，我都会和他促膝长谈几个钟头，有时会聊到在他近期旅程中听说的怪谈，有时则是古老传说或信仰，有时则是占卜。我们最后一回碰面时，算命仙告诉我一项他后悔习得的中国占卜术。

他说："任何习得此技法者，不但能告诉你房子里哪根梁柱、哪间房间将倒塌的精确时刻，甚至还能预测出倒塌的方向及后续情形。”接着我将借由相关故事解释清楚我所言——

这是一位中国占卜名师的故事，我们在日本称他为邵康节，这在《梅花新易》这本占书中也有记载。邵康节非常年轻时，便有机会以其学识和美德得到相当高的职位，不过他拒不受禄，进而隐居深山。他冬日研读时不烧柴火取暖，夏日也不搧风乘凉；因为无纸可用，他将思想写在房中墙上，并且以砖为枕。

仲夏酷暑某日，一阵倦意袭来，邵康节便枕砖卧躺休息。就快入眠之际，一只老鼠爬过了他的脸，他因而惊醒。愤怒之际，他抓起砖头砸向那只老鼠，然而老鼠毫发无伤，砖头却四分五裂。邵康节后悔地望向那破碎的枕头，责备自己意气用事。突然间，他发现破碎的砖片上，浮现了几个汉字，上下都有。他心觉有异，便拾起碎片仔细端详。他发现这块砖头在烧制前便已排有十七个文字，砖上刻着“卯年四月十七日己刻此瓦做枕投鼠而碎”。此时正好是卯年四月十七日己刻，一如砖上预言所示。惊讶的邵康节再次望着碎片，发现了工匠的名与印。他当下立刻拾起碎砖离开小屋，快马加鞭前往邻近村镇去寻找这位砖匠。他在一天之内就找到了这位工匠，拿着碎砖给他看，并细问来龙去脉。

“我仔细看过这些碎片，”工匠说道：“这块砖确实是我烧的，不过上头的文字则是由一位老翁所刻，他是个占卜师，他希望我能在烧砖前，让他刻下这些字。”

“您可知他现居何处？”邵康节问。

“他曾住在离此处不远之地。”工匠答。“我可以告诉你位置，但我不知其名。”

邵康节知道位置后，来到了老翁居所门口，请求老翁回应。门内侍徒亲切地引他入内，此时厅里有几个年轻人正在研读。邵康节就座后，所有年轻人便与他寒暄，接着一位最先和他致意的年轻人鞠躬说道：“很遗憾地告知您，先师数日前已过世。但我们已期盼您大驾光临许久，因为他预言您今日此时会前来寒舍。您名为邵康节，且先师吩咐我们交给您一本书，他相信此书会让您受益。书册在此，尚请笑纳。”

邵康节惊讶之余，也甚感欣喜，因为此书正是最罕见及珍贵的手稿，当中涵括所有占卜术的秘诀。在致谢且表达对其先师过世的哀痛之意后，邵康节回到深山小屋，开始参照书中指示占卜自己的未来运势，以验证书中所言的准确性。这本书告诉他，在靠近小屋南方一角的特定位置，好运正在那儿等着。他找到此处，发现一壶数量足以让他致富的黄金。

我的算命仙老友离世之际，一如他在世时那样，孑然一身。去年冬日，他在翻山越岭时被一阵风雪乱了方向。数日过后，有人发现他直挺挺地死在松树下，肩上还捆着小行囊，宛如一柱冰雕，双手交叉，双眼紧闭，犹似冥思。他大概是在等待风雪退去时受冻昏死，降雪在他熟睡时堆积在他身上。听到如此奇特的死法，我想起了老日本人所说的一句话：算命仙算不出自己的命。

振 袖

最近，我在穿过一条多住着旧货商的小街时，注意到一家店前挂着一件深紫色的振袖，或者说长袖外袍。这袍子像是德川时期的女子可能穿过的服饰。我停下脚步，细细看着袍子上的五枚纹章；就在同时，我回想起一则传说，据说一件类似的长袍曾造成江户毁城。

大约两百五十年前，一位幕府里的富商女儿在参加祭典时，发现人群中有一位长相俊秀的侍卫，随即一见钟情。但不幸地，在她还未能多了解他的身世背景之前，那位侍卫便感到压力而离去。但他的容貌，甚至是他衣裳最细致之处，已在这位千金脑海中萦绕不去。年轻侍卫参加祭典时所穿的服装与少女的衣饰华丽程度几乎不相上下，而这位俊俏陌生人的上衣在这位倾慕的少女眼中似乎又更加美丽。少女幻想，也许穿上和他同样华奢及色调的长袍，佩戴相同纹章，将来她就能在某一刻，吸引到这位侍卫的目光。

于是她托人裁制了一件同样的袍子，有着非常长的袖子；依照那时的环境，这件袍子所费不赀。不论少女何时出门，她都穿着这件长袍，返家后则挂在闺中，幻想着那不知名的爱人穿上后会是何等模样。有时，她会在袍前驻足良久，或幻想，或流泪。她时常诵念日莲宗[①]的《南无妙法莲华经》，向上苍及佛祖祈求，期望能赢得那年轻侍卫的青睐。

然而，她从此再未见着那位少年。少女如坐针毡地望穿秋水，而且患了相思病，最后抑郁而终。少女入土为安之后，家人将那件高贵的长袍捐给了家族长期信奉的佛寺。这是处理丧者衣物的古老习俗。

僧人能将长袍以高价卖出，因为那是由上等丝绸织成，而且上头毫无泪痕。后来，这件袍子由一位与少女过世时年纪相仿的女孩买下。她只穿了一天，便生了病，举止开始变得怪异，呼喊着她被一位美男子的影像缠身，为了得到他的爱，不惜一死。没过多久，这女孩便离开人世，而这件袍子也再度被送回寺中。

寺中僧人再次卖出长袍，这袭长袍复归某位少女所有。她同样只穿了一次便病倒，嚷喊着那俊美的幻影，随后死去。随着这袍子三度来到寺中，僧人开始起了疑心。

只是僧人冒险地再次卖出这件厄运之袍，又再次被一位少女买

---

① 日莲宗，日本佛教主要宗派之一，是僧侣日莲在大约十三世纪的镰仓时代中期所创，也称为法华宗。

下，同样只穿了一次，最后憔悴而亡。这袍子如今已四度回到寺中。

僧人认为这袭袍子肯定带有邪灵，于是下令让沙弥放火，要在寺院庭中将袍子烧毁。

僧众点火，将袍子丢进火中。但随着丝袍开始燃烧，袍子上竟突然冒出熊熊如字火焰，那是《南无妙法莲华经》的经中咒文，而这些字如同硕大火星，一个接一个地跳上寺院屋顶，随后吞噬整座寺院。

寺院火焚的余烬不久便落在邻近民宅的屋顶，整条街很快地随之起火燃烧，接着一阵海风吹来，自此一发不可收拾。火势造成的毁坏不断蔓延；一条接着一条道路，一块接着一块城区，江户几乎全城付之一炬。这场明历元年（一六五五年）一月十八日发生的大灾难，在东京史上被称为“明历大火”，又被称为“振袖火事”。

根据《纪文大尽》这本故事集，订制这袭长袍的少女名为おさめ，是麻布百姓町的酒铺彦右卫门之女。因为少女的容貌之美，她也被人以麻布小町[①]称呼。《纪文大尽》也提到，这座遭到火焚的传统寺院是位于本乡的日莲宗本妙寺，而长袍上头的纹章则是桔梗。

---

① 小野小町是平安时代早期的女和歌歌人。她是当时最美丽的女子，而且是杰出诗人，其诗句能撼动天庭，并使久旱逢甘霖。许多男性向之求爱却无功而返；许多据说甚至以死明志。但随着年华逝去，厄运随即降临其身；小町因其风韵衰老无人闻问，沦落为乞丐，最后死于临近京都的通衢上。由于若以她死时所着的褴褛衣衫下葬，恐对逝者不敬，某个穷人便以夏季外衣“帷子”裹尸，将她葬于岚山附近某处，该地如今便有“帷子辻”之称。

不过这故事众说纷纭；而且我也对《纪文大尽》的版本存疑，因为当中声称这位俊美的侍卫并非真有其人，而是栖息于上野不忍池中的龙之化身。

因果话

大名之妻病重，自知将不久于世。她从文政十年初秋开始就无法下床，如今已是文政十二年四月，亦即公元一八二九年；此时正是樱花盛开之际。于是她想起园里的樱花树，耀眼春日，还有她的子女。她也想着丈夫的众多后宫嫔妃，尤其是十九岁的雪子。

“爱妻啊，”大名说道，“你已病重三年之久。我们费尽心力想让你康复，日夜在床边照料，为你祈祷，不吃不喝。即使我们如此悉心呵护，即使这几位大夫医术精湛，你的大限如今看来却也快到了。我们也许比你更该感到悲伤，因为你即将离开这佛家所称的‘三界火宅’。我会不计一切代价，为你举办所有佛教仪式，让你来世得以幸福。我们也会不断为你诵经，让你免于成为孤魂，早日抵达极乐净土，修成正果。”

大名说话时语气十分温柔，安抚她的情绪。她随后闭上眼，以宛如虫鸣般的微弱声音答道：“我很感激，感激您这段感人的告白……是啊，如您所说，我的确已病重三年，也接受了这些照料及呵护……没错，为什么临死之际，我还不愿走向这唯一的路？此时依然挂念尘世琐事也许并不恰当，但我最后仍有一事相求，就这么一件事……叫雪子小姐过来吧，你知道我待她如亲妹，视如己出。我想跟她说说几件家务事。”

雪子于是受大名召唤而来，遵从指示在榻前跪下。大名的妻子睁开眼，看着雪子说道：“啊，雪子来了！……真高兴见到你，雪子！靠过来一点，这样我说的话你才听得清楚，我没办法大声说话……雪子啊，我就快死了。希望你能对我们的主人尽一切忠心，因为我希望我走后，你能接替我的位子……愿你能永远受宠，是啊，即便更胜百倍于我，这么一来你很快就能晋升成为他的爱妻……你要永远爱我们的主人，莫让其他女子夺走他的宠爱……这就是我要说的。亲爱的雪子……你懂吗？”

“喔，夫人，求您别说这种奇怪的话！您知道我出身贫贱，怎敢妄想成为主人的爱妻！”

“不，不！”大名的妻子沙哑地回道，“现在不是说客套话的时候，我们就直说吧。我死后，你一定会晋升，我再次向你保证，你会成为主人的爱妻。是的，雪子啊，我真的这么希望，甚至更甚于我想得道成佛！……啊，我差点忘了！我要你为我做件事。你知道花园里有一株八重樱，是前年从大和吉野山移植过来的。听说现在樱花正盛，我非常想欣赏那盛开的模样！我不久后就要走了，临死前一定要瞧瞧。雪子啊，希望你现在能扶着我到花园，就这么一次，让我赏花……是的，在你背上，把我背在你背上……”

当大名的妻子这么请求之际，她的声音逐渐清晰、昂扬，仿佛对此愿望的强大意念让她有了力量。但她随即痛哭失声。雪子跪着，动也不动，不知如何是好；但大名点了点头。

“这是她此生最后心愿，她一向喜爱樱花，我知道她非常想看看八重樱盛开的景象。来吧，亲爱的雪子，让她达成心愿。”

雪子将夫人背在身上，就像看护将孩子搭在肩上，让孩子可以抓住一般。

“我准备好了。请告诉我该如何帮您才好。”

“啊，这边！”垂死的夫人以超人的力气抓住雪子的肩膀，抬起身体回应。但当她立起身子时，她纤细的手臂却很快滑落至雪子肩前，垂落到袍子底下，抓住雪子的双乳，同时诡异地大笑。

“我的心愿达成了！”她大喊，“我终于看见樱花盛开，但不是花园里的那株！我心愿未了前绝不瞑目，但如今我心愿已了！真是欣喜！”

这些话说出口后，大名的妻子便俯趴在弯着腰的雪子身上断了气。

侍从试图将夫人从雪子的肩上卸下，好搬至床上，但奇怪的是，这件事看似毫不费力，却根本无法办到。她冰冷的双手以一种无法解释的方式附着在雪子的双乳上。雪子因为过度恐惧及痛苦，失去了知觉。

大夫因此受召而来。但他们无法理解究竟发生了什么事。没有任何方法能让亡妇的双手从雪子身上解开；这双手掐得如此之紧，若要使力将之移除，无疑会让雪子见血。但这并非十指紧扣之故，而是因为夫人的掌中肉已经以一种难以解释的方式，和雪子的双乳黏合在了一起。

当时江户医术最高明的大夫是一位洋人，一位来自荷兰的外科医生。于是大名决定召他前来。仔细检查后，医生说他无法理解这个状况，若要立刻松开雪子，除了砍去死者的双手之外别无他法。他表示，企图从乳房上移除这双手是相当危险的举动。大名采纳了他的建议。夫人的手从腕部以下被切除，但那依旧紧黏着乳房，而且随即变黑、变干，正如死亡多时的骸骨。

但这只是恐怖的开始。

这双手虽然看似干枯无血色，但并未真正死亡。每隔一段时间，双手便会开始偷偷地蠕动，犹如灰色的大蜘蛛。随后到了夜晚，每每都从丑时开始，这双手便对雪子的双乳又抓、又压、又折磨，那痛楚直到寅时才得以缓解。

于是雪子削发为尼，法号脱雪。她立了一个牌位，牌位上刻着那死去正宫的戒名——妙香院殿知山凉风大姊，并在她流浪时随身携带。她每天在牌位前谦卑地恳求死者原谅，也进行佛教仪式，以求妒魂安息。然而每晚丑时，那双手依旧不停地折磨着雪子，至少十七年之久——这是根据雪子在下野国河内郡田中村的野口传五左卫门家中借住一宿时告诉他们的说法。当时正是弘化三年（一八四六年）。自此之后，雪子再无消息。

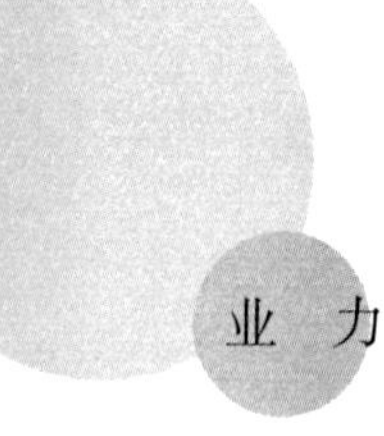

业　力

爱人之颜与朝日之颜，无法直视。

——日本俗谚

1

现代科学告诉我们，初恋之悸动就个人而言，是绝对先于所有经验的情感。换言之，这看似在所有感受当中最为个人的，却一点都不个人。哲学早在过去就已发现同样的事实，而且微妙地以理论揭发恋爱的神秘。遗憾的是，科学至今对这主题仅有少数推测。因为不管是一见钟情会唤醒爱恋者灵魂中前世便明白的潜藏真理，或是恋爱的幻影是由寻求转世的灵魂所构成，玄学家对这些都没有过适当的详细解释。但科学与哲学皆同意一件最重要的事，那就是恋人自己别无选择，只能受外力所驱。科学在这一点上甚至更正面，它清楚表达了要为恋情负责的是已逝者，而非生者。初恋当中仿佛带有丝毫幽冥的记忆。确实，科学与佛教相异，不认为人在特殊情况下能回溯前世。这基于生理学上的心理学论点，否认了个人感知有记忆传承的可能。但这使得某些更强力、更神秘的事物得以传续——无数的祖传记忆，与万千经验的总和。如此一来，便能解释我们最难理解的情感、最矛盾的冲动，和最神秘的直觉。所有非理性的吸引、嫌恶感，以及所有暧昧的悲喜之情，绝不可能以个人经验解释。在它与不可见的世界的关联中，尽管初恋是人类所有情感中最古怪、也最神秘的感受，但我们还没有讨论的余裕。

有道谜题在西方世界便应运而生。在发育中的年轻人生活平凡却精力充沛，即将进入一种本能时期。男性此时会开始寻找女性，并因为对自我体格的优越感，产生出原始的傲慢。但女性在这时候对男性的兴趣最低，他会猛地陷入疯狂。在他的人生途程中，会出现一个素昧平生的女性，与其他人的女人并无二致，在常人眼中看来也毫无出色之处。但他因为急速的悸动，他的内心开始翻腾，感官也如同着魔。他的生命完全属于这位初见的女子，直到激情消退；除了当阳光映照在她身上似乎更显耀眼之外，他对这位女子一无所知。没有任何知识能将他从这目眩神迷中解放。这是谁施的巫术？这活生生的偶像有何法术吗？没有，心理学告诉我们，这是在偶像崇拜者内心中的先人之力。是先人施的法。这些前世逝者让恋人的心悸动，让他初初执起她的手时会在血脉中感受到电流。

然而，恋人心中的先人为何选择她，而非其他女孩，是这道谜题最难解之处。有一位伟大的德国悲观主义者虽曾做出解答，却无法同时顾及科学及心理学。先人的选择，是以进化观点思考，而且是根据记忆而非预知。如此说来，这谜团一点都不令人愉悦。

确实，这浪漫的可能是他选择了她，因为她勾起他过往恋情爱过的每个人的记忆。另一种可能，是因为有无数魅力在她身上复现，那些曾属于过往他曾爱过、却徒劳的那些女子拥有的魅力。

从更可怕的角度来看，那热情虽不断燃烧，却永远不会消逝，也不会止息。那些爱得徒劳的人似乎唯有逝去——实际上他们会在后世心中活着欲求才得以实现。这些逝者仍等待着挚爱轮回，得到色身[①]，哪怕要好几个世纪，他们永恒地将自己朦胧的记忆织进年轻人的梦中。因此，这些无法如愿的不安灵魂，便依附在不为人知的女子身上。

在远东地区则有另一种想法。我将写下的，与佛陀的开释有关。

---

① 色身是佛教一种术语，在一般人叫作身体，它是揽父精母血及四大种的地水火风所构成。

2

最近有位僧人死于一个非常特别的情境。他是靠近大阪某间净土宗古早门派寺院的僧人（你可以从关西线往京都的火车上瞧见这座寺院）。

此僧人相当年轻，态度认真且十分俊美。城中女人无不认为，就僧人而言，他的面貌确实太过英俊，仿佛是一尊由昔日伟大的佛像雕刻师所造出的美丽阿弥陀佛像。

但在寺院附近的男人看来，他不过是个单纯而博学的平凡僧人。实际上也是如此。然而女人不会只想着他的美德或学问：他的俊美不幸会让女人忽略他的心智，只把他单纯视为男人仰慕。寺院附近的女人崇拜他，甚至远处的女人亦如此，这些崇拜完全不是出自虔诚心。这些崇拜干扰了读经，也翻搅着他的冥思。她们为了踏进寺院，编出各种谎言也在所不惜，只求能见他一面或与他说上一句话。追问着他必须回答的问题，奉上他无法拒绝的供品。有些问题甚至非关宗教，让他面红耳赤。他天性太过温顺，无法以严肃态度保护自己，城里女子因此有机可乘，积极地说着乡下女子不敢启齿、他也必须告诫对方离开的话题。当他逃避羞赧女子的崇拜，或是大胆女子的奉承，他就益发困扰，直到这变成他的苦难[①]。

他的双亲早已亡逝，他在世上已无牵绊，只爱着他的天职及读经；他不愿想着愚蠢且禁断[②]的情事。他宛如活生生的偶像的美貌不过是种不幸。女人拜倒在他的膝下，并徒劳地祈求他爱上她们。献给他的情书从未中断，却从未得到回信。有些还以谜样的文言写着："在岩枕相会""人影上的浪""重逢的小川"。其余的则没那么卖弄文笔，甚至相当温柔，充满女孩初次告白的情意。

长久下来，这些情书让年轻僧人表面看来已无动于衷，就像那些与他外貌相似的佛像。然而，他并非佛陀，只是凡夫俗子，而且他的境遇相当不幸。

某夜，一个小男童来到寺中，为他捎来一封信。他轻声说出寄件人的名姓后，便奔入暗夜中。根据随后沙弥的说法，那僧人读了情书，收入原先的信封袋，搁放在坐垫旁的榻榻米上。他久无动作，仿佛深陷思绪。而后，他寻找笔墨，亲笔写了封信，收信者是宗门中的长辈。他将信置于桌上，看了看时钟，查阅列车时刻表。时间尚早，且夜黑风高。他伏在祭坛前祝祷[③]，接着便匆忙离开寺

---

① 日本俳优常会对多情的少女施展魅力，借此占她们便宜。但一位僧人却很少有这种魅力。（原注）

② 禁断指绝对断绝、禁止的事物，或不允许进行的行为。

③ 祝祷：祈祷；祝告神明以祈福消灾。

院，抵达车站。他跪倒在铁轨正中央，开往神户的列车眼下正朝他疾驶而来。而另一头，那些崇拜他那惊人俊美容貌的女子正尖叫地看着这一幕。在灯笼的光照中，僧人所有残存的可怜尘缘，均已沾染在铁轨上。

他写给长辈的信被人发现。上头只写着他察觉自己心灵的力量正在消逝，只有一死才能免于违命。

地板上则落着另一封信。那信以女子的口吻写着，只字词组皆带着谦爱之意。如同这类情书一般（它们从不投进邮筒），当中无日期、无姓名、无头字，且信封上也无地址。

这么随意或许太过逾矩，但我想我得对你说些什么，因此写下此信。卑贱如我，只能说当我在彼岸会上初见你后，就开始想念你，时时刻刻再也无法忘怀。每日对你的想念令我无法自拔；每夜梦里相见，醒时却见不着你，才想起原来梦境未能成真，我只能以泪洗面。请原谅我生为女子，我所表达的狂热好感不应被崇高的你讨厌。让自己的心被一个高不可攀的男子所困，似乎既愚蠢又欠缺优雅。但这只是因为我明白自己无法压抑我的心，我超乎想象地被这些卑微的文字所困，或许我能以我贫乏的文采将之写下，寄给你。我祈祷你能看我可怜；我恳求你别在回信中拒绝我。同情我，就当作是我真挚情感的流泻，赐给我奇迹，请以丁点仁慈公平地评断这颗真心。这颗仅剩忧伤的心冒险写信给你。时时刻刻，我都盼望回讯佳音。

敬祝

顺心

今，从名门之女，寄给渴望的挚爱，敬启。

3

我拜访了一位精通佛教的日本友人，就这事件的宗教层面向他询问一些问题。即使这起自杀事件是对人性弱点的告解，对我来说，当中仍带有一些英勇。友人则不这么认为。他反而谴责此事。他提醒我，如果有人将自杀视为脱离罪恶的手段，那么佛陀会驱逐其魂魄，判其不配成圣。至于那位已逝的僧人，他也是释尊[①]所称的愚者。借由摧毁肉身来摧毁内心罪孽的根源，只有愚者会如此想象。

我反驳道："但是，那僧人的生活那么纯洁……假设他寻死，也许在无意间，反而让其他人能不造业？"

① 释尊：指释迦牟尼

友人讽刺地笑着说道："昔日有位家境优渥且美貌动人的女子，想削发为尼。她前往某间寺院，向上人告知愿望。但上人对她说道：'你还年轻，过的是富家生活。在世间男子眼中你如此美丽。你的美貌会让你遭遇到回应世间享乐的诱惑。你遁入空门的愿望或许起因于某些暂时的伤悲。所以，我现在无法答应你的请求。'但她依旧诚挚地请求，上人却转身离开，留下她一人。此时，房内有一座大火钵，她便将火钳放入钵内烧得通红，再烙上自己的脸，让美貌永远破灭。僧人闻到烧烙味道，连忙赶回，十分遗憾眼前景象。她再次请求，声音毫无颤抖：'因为我生得美丽，所以你不愿让我为尼。那么，现在愿意了吗？'于是她得以入道成尼。那么，你认为谁比较有智慧？是那美女，或是你想赞美的那位僧人？"

"但那僧人，"我问道："是否有义务毁伤自己的脸？"

"当然没有！就算只是为了抵挡诱惑，那女子的行为依旧不值得。任何自残之举都是佛法禁止的。但她违背了佛法。不过，若她烙毁面容只为求进入佛道，而不是害怕自己的意志抵抗不了罪孽，那么她的过错就相当微小。另一方面，自尽的僧人则犯了大罪。他应该要让那些诱惑自己的女子皈依。然而他太过懦弱，因此无法行动。如果他认为身为僧人无法避免如此罪孽，那么他就应该还俗，遵循俗人戒律。"

"所以根据佛教，他没有修得任何善果？"我问道。

“我很难认为他有。只有那些不知佛法的人会赞同他的行为。”

“那么，通晓佛法者又会如何断定这结果，也就是他行为的业果？”

友人沉默不语。他深思后说道：“我们无法完全得知自杀的完整真相。或许这不是第一次发生。”

“你是指，他在前世也曾企图借由自杀逃避罪孽？”

“是的。或者在许多前世。”

“那他的来生呢？”

“只有佛陀能回答这问题。”

“但佛教的教义又如何阐释？”

“你忘了，我们不可能知道那僧人在想什么。”

“假设他寻死只是为了逃脱罪孽？”

“那么他将会一再面对同样的诱惑及所有的痛苦、悲伤，甚至轮回千万次，直到他终于学到如何控制自我。透过一死，完全无法逃离克己。”

与友人告别后，他的话语持续在我脑海中回荡，至今依旧。这些话语激发我对于自己在这文章开头所大胆提出的理论，有了许多新想法。我还未能说服自己，他如此诡异地诠释恋爱的神秘，是否比西方诠释存有更多不妥之处。我一直在思考，置人于死地的爱情是否比掩藏热情的欲望更具意义？难道它们不也意味着，长久被遗忘的罪孽是无法避免的报应？

阿　春

阿春是受能教女子温柔婉约的传统方式教养长大的。这种家庭教育能培养出单纯的内心、浑然天成的优雅举止、三从四德，以及日本独有的忠诚之爱。如此伦理对旧时日本之外的其他社会而言，无疑太过文雅美丽，也无益于新社会中更困顿的生活，然而这样的旧观念依然存在。文雅的女子被训练成有义务接受丈夫支配，她被教导绝不可显露出嫉妒、悲痛或愤怒情绪，即使情绪濒临爆发，她仍被期待应借由纯粹的温柔婉约克服丈夫的过错。简言之，她必须是位超人，至少在表面上应如此，且相信绝对无私的理想。而这样的女子能在与丈夫相对的身份上做到这几点，且善于察言观色，察觉自己的情绪感受，从不让这些情绪受伤。

阿春出身较丈夫好些，对他而言，这桩婚事算是高攀，他对阿春确实不太了解。俩人成婚时相当年轻，起初一贫如洗，因为阿春的丈夫善于经商，家境后来才逐渐好转。以前家境不好时他反而最爱她，有时阿春总如此思量。在这种事情上，女人的判断很少有错。

阿春依然为他织衣，他也夸赞她的手巧。她迎接丈夫返家，伺候他更衣，让他在美丽的家中安然无忧；她殷勤招待丈夫的友人，精打细算打点家中一切，也很少要求需花钱的礼物。阿春确实无须要求金钱上的回报，因为丈夫从不吝啬，而且喜欢她装扮优美，好似某些美丽的银色飞蛾，被翅膀裹着。他带她去看戏，或是去其他的娱乐场所。她陪他前往春樱满开、夏夜萤舞，或秋叶深红的名所。有时两人会在舞子的海岸共度一天，四周围绕着如舞伎般摇曳的松树；或在清水古夏屋度过午后时光，四周宛若五百年前的一场幻梦——那里还可见高木之荫，从洞中涌出冷冽、清澈的潺潺水流，以及以古老奏法轻声吹奏却看不见笛子的悲伤乐音——那迷人的音色融合了静谧及悲戚，一如夕阳西下时辉映蓝天的金色光彩。

除了因为这些小小的出游乐事，阿春很少出门。她和丈夫仅有的亲戚都在遥远的他乡，而她也只拜访过寥寥几回。况且，她也喜欢待在家，插点花祭祖拜神，装点房间，喂喂园中池塘的金鱼。他们一见阿春到来，就会从水中仰起头。

膝下无子让阿春心中悲喜交杂。虽然顶着身为人妻者的发型，她仍是相当年轻的少女模样，保有赤子之心——尽管丈夫相当佩服她处理小事的智慧，也常放下身段与她商讨大事。或许智慧的心灵比美丽的发型更能帮助他做出判断，无论是否出自直觉，阿春的建议从没出错。她在他身旁，度过了五年的快乐时光，那时的他就像任何年轻的日本商人一般体贴，温柔善待比自己更优秀的妻子。

然而，丈夫突然变得冷漠，何其突然。这让阿春意识到，个中原因并非膝下无子的妻子所能担心的。因为不知丈夫冷漠的确切原因，她试着说服自己是她必定有所疏失。阿春无端地扪心自问，加倍努力地讨好他，但他依旧无动于衷。他出口便无好话，虽然她明白，丈夫沉默的另一面便是压抑。阶级较高的日本人不太会对妻子说粗鲁的话，这被认为是无礼、野蛮的行为。一般受过教育的人甚至会以敬语回应妻子的批评。根据日本习俗，礼节上应表现这种态度，而阳刚的男性更应如此。况且这也是唯一安全的态度。优雅而敏感的女子不会长久迁就粗鲁的行为；个性极端一点的甚至会自尽，好让丈夫余生蒙羞。但是，远比言语更安全但也更折磨人的，是忽视与冷淡，这容易激起妒心。日本妻子确实被训练成绝不展现嫉妒，然而嫉妒这情绪却比所有的训练更古老，一如情爱和欲求永生。在看似冷静的面具底下，日本妻子一如西方妻子，不断地祈祷，再祈祷，希望脱离痛苦的时光就快到来，即便某些夜里，他正在外享受灯红酒绿。

阿春自有她嫉妒的理由。她太过孩子气，无法马上推断出原因；而家中仆人也因为太尊敬她，无法提供任何建议。无论在家中或其他地方，她的丈夫已经习惯没有妻子陪伴的夜晚。他夜复一夜地独自出门，起初会以谈生意为借口，之后就不再多说，甚至不告诉她预计返家的时间。最近他也开始对她冷战。他早已变了一个人——就像是被恶魔附身。仆人这么说。事实上，他早已掉入精巧的陷阱里。艺妓的轻声呢喃麻木了他的心灵，笑颜蒙蔽了他的双眼。虽然那艺伎貌美远不如家中妻子，但她相当擅长织网，一张魅惑感官的网，诱捕意志不坚的男人。那张网总是越缠越紧，直至一切告终时的无助和崩坏。阿春对此一无所知。她担忧的没错，丈夫越来越常出现难以解释的行为，后来，她甚至发现他的钱转进了别人口袋。他从不告诉她晚上去了哪里，她也不敢问，免得他认为自己起了妒心。与其用言语透露心情，她反而对他加倍温柔，以为如此就能让聪明的丈夫有所察觉。然而他除了经商，再无其他天分。他依旧在夜晚离家，他的良心益发迟钝，也越来越不在乎这个家。阿春曾被教导，贤妻应该永远坐等丈夫夜归，这却让她饱受精神折磨和暴躁导致的失眠之苦，甚至苦于仆人下班后家中只剩她一人枯等的空虚感。只有那么一次，迟迟而归的丈夫对她说："很抱歉让你坐在这儿等到这么晚。别再这样等我了！"阿春因为担心他或许真的为此所苦，所以她欣然笑道："我不困，也不累，请您不要担心我。"于是，他果真不再担心，欣然地不再担心，正如她所说。不久后，他便彻夜未归。隔夜如此，之后亦然。到了第三晚未归，隔日也未返家用早餐，阿春此时明白时候已到。身为妻子，她不得不开口了。

等了一早上，她担心丈夫，也担心自己。最后，她才终于意识到那能让女性内心遍体鳞伤的事情。忠实的仆人告诉她一些事，接下来的她已心知肚明。她这时相当虚弱，但自己却不这么认为。阿春只知道自己的愤怒，自私的愤怒，因为这带来残忍、尖锐又病态的痛楚。一直到中午，她坐着思考该如何用最不自私的方式，道出眼下该说的话语。但她脑中浮现的第一句话，却是从来没说过的责备之词。紧接着，她的心猛地发颤，眼前一阵模糊，脑袋晕眩。这时，一阵车声传来——仆人喊着："主人归来！"

阿春在玄关踱步，颤抖的纤细身体正发热得痛苦，而且她害怕泄露出心事。返家的丈夫吓了一跳，因为迎接他的并非惯常的微笑，而是她那颤抖的小手正抓住他丝袍的衣襟。阿春直视他的双眼，似乎想找到当中仅存的灵魂。接着她试图说点什么，却只能勉强吐出："亲爱的？"而几乎同时，她松开紧握住的虚弱小手，带着古怪的微笑闭上双眼，甚至就在丈夫撑住她之前就倒了下来。他试着抬起她，然而她的心脉已断。阿春死了。

当然，他震惊不已，徒劳地哭着叫唤她，随后飞奔冲向医院。但她惨白如冰，静止而美丽，脸上所有痛楚及愤怒已然消失，仅存一抹微笑，一如俩人婚礼那时。

两位军医从公立医院赶过来。他们露骨地质问，那问题单刀直入，深达内心。他们告诉他实情，而那事实有如钢铁般冷峻锋利。最后军医离开，只留下他与亡妻。

大家相当好奇他竟未出家，因为他的良心显然已被唤醒。他白天坐在贩售京都绢织物和大阪形染物的店里，态度热络，但不发一语。他从不恶言相向，员工都认为他是个好老板。他时常入夜后还埋首工作，也已经搬了家，过去和阿春同住的居所，如今已租给陌生人，而真正的屋主已不再造访。也许，那是因为他会瞧见那缕纤细幽魂仍插着花，在金鱼池畔摘下鸢尾花。无论他身处何处，在某些静谧时刻，他必会瞧见枕边有个无声人影，似乎正温柔地织着他曾用来背叛妻子的美丽袍子。其他时候，在他忙碌人生中最无暇的时分，店里的喧哗声会突然消散，账本里的数字变得模糊，而那道就连老天也不愿使之沉默的悲戚细声，会像是对他孤寂内心的质问，只单单说出三个字："亲爱的？"

保守主义者

あまさかる

日の入る国に来てはあれとやまと锦の

色はかわらし[①]

1

他出生在内地一座三十万石的大名之城，此处不曾有外国人到访。他的父亲是高阶武士，居所就位在环绕的城壕[②]内。房舍相当宽敞，后方及四周皆有仿造自然风景的庭园，其中还有祀奉军神的小

---

① 此俳句大意为：在落日之国度，暂且不论是否该前来；那大和锦（一种日本绢织物）的颜色在不断变化着。

② 城壕，基本意思为护城河。

社。四十年前，这里有许多类似的房舍。这些至今仅存的房舍，在艺术家眼中，大概有如仙女的宫殿，而庭园就好似西方极乐的幻梦。

这位武士的儿子们那时接受着严酷的训练。我写到的这一个，他没有太多时间做梦。对他来说，受父母照顾是短暂而痛苦的时光。甚至在被授予“着袴之仪”[①]这大礼之前，就尽可能地让他脱离保护，并教育他该如何控制幼稚的脾气。即便他心底希望母亲时常在家，好让自己有她的陪伴，然而，若是被玩伴们看见他和母亲一同外出，他就会被取笑：“你还需要喝奶吗？”这些不过是冰山一角。所有的娱乐都严格受限于纪律；他甚至不能过得安逸，除非有病在身。几乎从他学会说话开始，就被命令必须思考生存的动机、自我约束的原则，并将苦痛与死亡置之度外。

在年少时就培养出冷酷、严厉、绝不懈怠的态度，是这种斯巴达式教育较为无情的一面，唯独家庭中的亲密关系除外。男孩们对见血都习以为常。他们被迫目睹处决；他们被期待面无表情；他们返家之后，会被迫吃下大量浸着梅干汁液、颜色像是鲜血的泡饭，并压抑住深藏的恐惧。这相当年轻的男孩，甚至还被要求在午夜独自前往刑场，带回一颗人头以示勇气。因为对于武士而言，害怕亡者与害怕生者都同样会被轻蔑。年轻武士要能无所畏惧。在所有测

① 当时一种皇室仪式。孩子五岁时，会赐予他人生中第一件袴裤。

试中，精确的动作代表无懈可击的麻木；任何骄傲的模样，都会被严格地看作是懦夫。当他年纪渐长，他只能在体能训练中得到消遣，包括射箭、骑马、相扑及剑术等等为了让武士能保持备战的运动。他会有年纪略大于他的玩伴——是家臣们的儿子，目的在于帮助他习武。这些玩伴的责任是教导他游泳、划船，及锻炼他的青春体魄。他每日大部分的时间都在进行体能训练，或研读中国经典。他的饮食虽然丰盛，但绝不精致；至于他的衣着，除了某些重要场合，也都相当单薄和粗糙。生火取暖是被禁止的。他在冬晨读书时，若是手冻到握不住毛笔，会被命令将手浸入冰水中，借此恢复血液循环；而若他的双脚冻到发麻，他会被叫去雪地里跑步以暖和双脚。他所受的武家礼节训练则更加严苛，他很早就知道他腰带上的小刀既非饰品也非玩物。他被教导如何使用刀，而当长官下令，无论何时都要毫不畏怯地自我了断[①]。

而宗教上，年轻武士受的训练也相当特别。他被教育必须敬神和敬祖；他熟读中国经典；他被传授佛教哲学及信仰。但他也同样学习到，只有无知的人才会盼望西天，或害怕地狱；较高等的人，

① “那真是你父亲的项上人头？”一位领主曾如此询问年仅七岁的武士之子。那孩子立刻会过意。但那颗方才斩下的并非他父亲的人头：那位大名作弄了他，但这桩谎言却有其必要。那孩子对人头诚心致哀后，便突然切腹自杀。领主所有的疑虑在这片血淋淋又残酷的孝心前一扫而空。犯法的父亲则因此逃过一劫，这孩子的故事如今仍可见于日本戏剧及诗歌中。（原注）

其行为应该遵循因正道而起的无私之爱，与义务认知的不变法则。

从童年长成至青年，他的行为渐渐不再受监督。他越来越自由，并依照自己的判断行事，然而他深知错误将不会被遗忘，而罪行也不会被完全宽恕。严厉的谴责比死亡更可怕。除此之外，挑战他守则的诱惑几乎不存在。娼妓在许多地方都被严格禁止。诸如此类的俗事，或许已反映在大众小说或戏剧上，但年轻的武士对此则不甚了解。他被教导要鄙视那些非柔爱即狂恋的大众文学，因为其本质非男子读物，而大众戏剧对武士来说更是禁物[①]。如此一来，在过去日本的纯朴社会，年轻武士可能会特别纯心而纯情。

由上所述，成熟的年轻武士有这些特质：无惧、有礼、克己、拒绝享乐，且能随时为了爱与忠义舍身。虽然身心都已经是一名武士，但日本第一次面对黑船来临时，他也不过是个虚长几岁的男孩。

2

以处死禁止任何日本人离境的“家光政策”，使得日本锁国两

① 在某些地方，武家女子能前往剧院。但男子则无法——这会破坏武士戒律。而在武士家庭或屋敷内可举行某些特别的演出，巡回演出的役者正是到此表演。我知道有些温良的老士族毕生从未进过剧院，并婉拒所有赏剧邀约。至今他们仍严守武士戒律。（原注）

百年[①]。因此他们对大海另一端所聚集的庞大势力一无所知。曾在长崎存在悠久的荷兰人居留地，也不曾启发日本，使其了解自身的处境——即被超越自身三百年的西方世界所威胁，一个十六世纪的东方封建国家。西方世界的真实状况，早该像童话故事般传进日本人的耳中，或者被归入有如蓬莱宫的昔日寓言。美国舰队“黑船”的到来，使得日本政府首次意识到自己无力招架，而大敌就在远方。

随着第二次黑船抵达，幕府承认自己无法招架外国势力，社会的骚动不安随之而来。这比从前元朝来袭时更危险、更严重，那时人们曾祈求神明帮忙，天皇也在伊势神宫祈求先祖保佑。后来那些祈求得到了回应，那就是招来使天地晦暗的一阵神风，忽必烈的舰队于是沉没海底。这次何不如法炮制呢？事实上，有无数的家庭和神社确实如此。但众神这次没有回应；神风亦未降临。这位年轻的武士，在他父亲庭园前的八幡神社徒劳地祈祷着；怀疑众神是否失去法力，抑或黑船上的人有更强大的神祇保护。

① 幕府将军德川家光曾颁布五次锁国令，日本从此进入锁国时代（1633—1854）。

3

他们很快便发现那些“野蛮人”并未被赶走。东来西进，成千上万的移民进入日本，还建立起所有可能的保护机制。他们同时也在日本国土上，打造自己的怪奇城市。政府甚至下令所有学校都必须传授西学；英语学习是公共教育的重要环节；公共教育也被西方思维重新塑造。日本政府已宣示，国家未来要仰赖对外语、科学的研究和精通。着手研究到开花结果之间，日本实际上仍被外国支配。的确，事实并非政府公开所言，但这政策的意义却很明显。在明白这首次引发的剧烈情绪之后（人民极度沮丧、武士们也压抑着愤怒）激起了一股强烈的好奇，想了解那些傲慢外国人的外貌及性格。到底他们是如何单单透过军力优势，便能那般予取予求。关于夷狄风俗及异国街道的廉价彩色刊物广为流传，满足了这普遍的好奇。那些涂了颜料的木头——版画，在外国人的眼中只是讽刺画作。但画家想表达的绝非讽刺。他试着画下自己眼中外国人的样貌。有着像猩猩般的红毛、天狗般的鼻子[①]，穿着外形及颜色皆可笑的衣裳，住在像仓库或监狱般房舍的绿眼怪物。这些版画在国内的销售数以万计，可见当中一定有许多神秘的看法。但他们描述少见

① 日本传说中，猩猩是一种身披红毛，以酗酒为乐，像猴子的神秘生物；天狗则是住在深山的神秘生物，有数种样貌，有些有着一只长鼻子。（原注）

事物的企图不带有恶意。为了解当时日本人如何认为西方人丑陋、怪异及可笑，我们应该要研究这些老版画。

城内的年轻武士很快就有了遇见西方人的机会，他是诸侯请来教导他们的英国教师。他在护卫的保护下到来，并受名士规格礼遇。他不像日本刊物里的外国人那样丑陋：他确实顶着一头红发，他的眼珠也有着奇怪的颜色；但他的面容没那么讨人厌。他变为众人的观察对象，并持续了很长一段时间。

明治之前的日本，对外国人有着奇妙迷信，不了解这点的人根本无法想象这位英国教师的处境。虽然西方人被认为是有智慧却令人畏惧的生物，但普遍不被当人看。他们比人类还更接近动物。他们有着奇怪外形且身体长满毛发；他们的牙齿长得跟人类不一样；他们的内脏很罕见；而他们的道德观也像是魔物。外国人所引发的恐惧并非只针对武士，还有普罗大众。这不是生理的恐惧，而是迷信导致。就连日本农民也不曾如此懦弱。但若要理解那时对外国人的看法，我们必须先知道某些相通日本及中国的古老信仰。具通灵能力且能化为人形的动物、半人半神的种族，以及古代书中所记载、有着长手长脚并留有胡须的怪物。这些都曾被描绘在怪谈插画家及葛饰北斋的画笔下。

这些初至日本的外国人，他们的面容似乎证实了中国的传说；他们身上的衣裳，是为了不让他们现出原形。所以这位英语老师在毫不知情的自得当中，被偷偷地观察着，就像是西方人研究珍禽异兽！而在学生身上，他只感受到谦卑有礼：他们以中国礼俗“足不可上踏过师影”之道相待。只要他愿意教课，无论任何场合，那些武士学生们都不在意他们的老师是否为人类。就如源义经曾向天狗习得剑术。这非人类的生物却印证了自己既是学者也是诗人①。在永不揭开的殷勤面具之下，他们仍时时刻刻注意着这位异乡人的一举一动，且根据这些观察，他们最终的看法也不全是奉承之语。这位老师从未设想过，他的双刀流徒弟对他的评论；也不曾想过若了解他们的对话，为人师表的自己肯定无法淡然处之：“看看他的肤色，多么温暖！一刀取他的首级应该轻松有余。”

他曾被引介练习相扑，他心想这只是好玩罢了。但对方却是真的想测试他的体能极限。结果他不被当成是擅长运动的人。

“他的双臂一定很强壮，”某人说道：“但他并不知道要如何运用；他的腰也非常虚弱。要攻击他的背简直易如反掌。”

“我觉得，”另一人说道：“跟外国人决斗应该很轻松。”

“用刀的话确实如此，”第三人回答：“但他们比我们擅长使

① 传说平安时代的大诗人，也是菅原道真（今被奉为天满神）恩师的都良香，通过京都御所的罗生门时，曾大声吟诵这句临时想到的一句诗：气霁风梳新柳。此时门外立刻传出一道口吻讥讽的唱和声：冰消波洗旧苔须。都良香四处张望，却空无一人。返家时，他将此事告诉弟子，并复诵这两句诗。菅原道真听了盛赞第二句，并说道：“第一句是诗语，但第二句是鬼语！”（原注）

用枪炮。”

“这我们都能学会，”第一人说道：“等到我们学会西方的军事技巧，就用不着在乎西方士兵了。”

“外国人和我们天差地远。”另一人再说道：“他们容易疲倦，又怕冷。每个冬天，我们老师一定要在房里生起熊熊火炉。要是在那里待上五分钟，我的头就开始痛了。”

尽管如此，这群男孩依旧对他们的老师相当好，也让他对他们疼爱有加。

4

但世事就如大地震般难以预料：大名制度因废藩制县而崩解，武士阶级被废除，整体社会组织也被彻底改造。虽然年轻武士们能将对领主之忠诚，毫不费力地转移至天皇，又虽然在变动之余仍能保住家产，面对这些转换仍令他们充满悲伤。所有这些都告诉他国家遭受重大危机，也宣告着某些古老的崇高理想及近乎所有珍爱事物的消失。但他知道遗憾不过是白费力气。只有透过自我转化，日本才能维持主权独立；而如他们一般的爱国之人，理所当然的义务便是有所认知，并随时做好准备，以便在剧烈变迁的未来成为重要的角色。

他曾在武士学校中学会英语，知道自己能与英国人对话。他削去长发、舍去刀剑，接着前往横滨，或许他能在那儿的理想环境下持续精进英语。起初每件事对他都既陌生又反感。就连在横滨的日本人，跟外国人来往后也产生变化：他们既粗鄙且俗不可耐，言行举止会令一般人感到羞耻。至于外国人就更让他厌恶：那些初至的新居留民常使出征服者的姿态，而相较今日，通商港口的生活也更为无礼。砖造建筑或涂上灰泥的木屋，都使他想起那些绘有外国风俗的日本彩印画，以及随其而来的不快记忆。他更无法马上忘记少年时代，自己对西方人的想象。理性上由于知识及经验，他完全知道对方的真实模样；但在感性层面，他依旧不觉得自己和他们有同属人类的亲密感。种族情感比智能发展得更古老，而依附在种族情感上的盲目恐惧也难以摆脱。他的武士魂，有时会被所见所闻的丑陋事物唤起，行侠仗义或替弱势发声时，便会涌起一股来自先人的满腔热血。不过他学会克服那些妨碍自己求知的厌恶感：冷静地探究敌国本质，这正是爱国者的义务。终于他自我训练成功，能不带偏见地观察新生活——其正面价值比负面价值多，优点也比缺点多。

他发现善良，他发现对理想的奉献。虽然那并非他的理想，但也需要放弃许多事物来达成，就像他祖先的信仰。他因而懂得如何尊重对方。

他学会透过喜爱、信任而互相尊重。有位年长的传教士致力于教育及改宗的工作上。这位老传教士特别渴望能使这位年轻武士改宗，因为他有相当明显而无可限量的天分，所以他尽力获取男孩的信赖。老传教士从许多方面帮助他，教他法语、德语、希腊语及拉丁语，并让他自由地阅读他的私人藏书。能在外国人的图书馆取得历史、哲学、旅游及小说等书籍，对日本学生来说并不简单。他相当感激，而之后，老传教士便毫不费力地说服这位他礼遇且宠爱的学徒阅读部分的《新约全书》。年轻的他在读到“邪教”的教义时，对其类似孔子学说的伦理箴言感到惊奇。他对老传教士说道：“这些教义对我们来说并不陌生，这肯定是良善的。所以我应该研读它，并仔细思考。”

5

这研读及思考的深入，远超过这位年轻武士的想象。在了解基督教是个伟大宗教之后，他也了解到其他教令，及信奉基督教文明的各种想法。对许多善于自省的日本人，甚至是指挥国家政策的热切心灵而言，这似乎意味着日本无法逃避受异族统治的命运。他们仍抱着希望，也因为还残存一丝希望，自我的责任就十分明确。但这仍不足以对抗帝国。为了探究帝国为何强大，这位年轻东方武士不禁畏怯而怀疑地扪心自问，西方人是如何又于何时获得这股力量。这股力量是否能像老传教士所言，与那神圣的宗教有某些难以理解之关联？中国古代哲学也认为社会繁盛与否，和顺应天道、遵循圣贤有着相互关系。而假使西方文明的优势，确实就是西方道德的优势，那么，去信仰这高级的宗教并努力让全国改宗，难道不是每位爱国者最显而易见的责任吗？然而那时的年轻人受中国智慧约束，又对西方社会发展史一无所知；也因此，他们永远无法想象最高形式的物质进步，其实主要是透过与基督教理想互斥的无情斗争，且是与所有伦理背道而驰的。甚至在今日的西方，许多愚民仍以为军力及基督教信仰有神圣的关联；而在西方人的教会讲道坛上，宣称政治夺权是天意，强力炸药的发明则是神迹。连我们之中也仍存在迷思，认为信仰基督教的民族，就是由上帝指定要抢夺、灭绝其他宗教信仰的民族。

某些人偶尔会表达他们的信仰。我们仍然崇拜索尔及奥丁——唯一差异是：奥丁已成为数学家，雷神之锤（Mjolnir）如今则是由蒸汽带动。这种人，在传教士眼中却是恬不知耻的无神论者。

虽然受到家人反对，这位年轻武士还是决心改信基督教。对他来说这是大胆的一步，而幼时的训练给了他坚定之心。即使双亲为此感到悲伤，他也心意已决。但比起其他短暂的痛苦，他舍弃了祖先信仰有着更深远的影响：这代表他不再拥有继承权且藐视故友。丧失武士身份更会造成赤贫[①]。然而，他的武士训练教导他必须克己。他知道自己的信念，自己的义务是成为一个爱国者、一个真理探究者，所以他毫不畏惧也不后悔。

6

有些人希望借由现代科学知识打破并取代西方信仰的地位，他们却没想到用来对抗旧信仰的论点，也能同理地对抗新信仰。这位平庸的传教士无法使自己的思想达到更高层次，因此无法预见：若是在东方心智中加入一点科学，它自然而然会比自己强大。所以他既讶异又震惊地发现，自己的学生若是越聪明则身为基督徒的时间就越短。由于对科学的无知，要摧毁曾满足了佛家世界的信仰并非难事。但若在同样的心灵中，将西方宗教情感取代东方宗教情感，或将长老教会或浸礼教会取代儒教或佛教，都是不可能的事。现代我们传播福音的人，绝对无法认知到这心理上的困境。在昔日，当

① 赤贫：穷得一无所有。

修士们极力铲除的宗教还未如此迷信之时，也存在着相同的阻碍；而即便抱着巨大的真心及如火焰般的热情，西班牙僧侣仍认为要完全实现梦想，就一定需要西班牙士兵手上的剑。但在今日，改宗的情势比十六世纪时更为不利。科学重塑了教育工作。我们的信仰，已变成仅被社会接受的必要伦理；我们的神职人员，功能逐渐转变成道德警察。而教堂尖塔的多寡不但证明我们的信仰没有增加，还说明了我们对改宗的尊敬也大幅成长。西方的传统绝不可能会变成东方的；外国传教士在日本也绝不可能是道德警察。西方教会最开化且最开阔的部分，已开始体认到宣教之无用。不必为了追求真理而放下所有的旧教条：彻底的教育应足以揭示真理，而受教人数最多的德国却未派遣任何传教士至日本。基督教的传教工作已造成日本宗教变革，日本政府更强调要增强日本僧人的教育程度。早在公告之前，较富裕的宗派就已建立西式的佛教学校；而真宗也能自夸自己曾留学巴黎或牛津的学者，那举世闻名的梵语学者。日本肯定需要比中世纪时更高形式的信仰。但这些信仰一定要从过去的形式发展，意即从内在而非外在。因西方科学而更加稳固的佛教，将会满足未来日本人的需要。

在横滨改宗的这位年轻武士，是证明传教士失败的一个显著例子。这位武士为了成为基督徒（或成为外国宗派的一员）而为钱所困的几年后，他公然放弃这代价高昂的信仰。他比那位老传教士更努力研读、更理解当代思想家的著述，所以传教士无法回答他所提出的问题。他发现自己有疑虑的部分已在信仰中产生了危机。但传教士无法解释那些书中确实存在的谬论。他因缺陷的理论而改宗教条主义，却也因更广更深的理论超越了教条主义。他在教会公开表示教条并非真理或事实，并发现自己不得不接受老师所谓“基督教之敌”的观点之后，他离开了教会。他们认为他的“堕落”是一项丑闻。

但真正的堕落并不远。不像有着类似经验的人，他知道疑惑只会让自己退却，他也知道自己只习得皮毛。他并未迷失在保守的教条之中。真理，存在于文明及其信仰两者之间的真理，被扭曲的部分，令他迷惘并引领他走向改宗之路。中国哲学曾教导他，“没有僧侣的社会不可能会繁盛”，这是被近代社会学认可的法则；佛教信仰曾教导他，即使幻想——包括被视为事实而出现的寓言、形式、符号，皆能帮助培养良善，也有其价值和存在的理由。如此想法，让他对基督教失去一切兴趣。虽不全然相信老师口中那些基督教国家的优秀道德及与过去认知大相径庭的通商港口生活，他仍想亲眼瞧瞧凌驾在道德之上的西方宗教，也想造访欧洲国家，研究其茁壮的原因和强大的理由。

他的行动比想法迅速，他因此变成宗教问题上的怀疑者，也让他变成政治上的自由思想者。而因为他公开批判政策，而招致政府的愤怒。就像受新思想刺激而同样鲁莽的其他分子，他也被迫驱除出境。使得他展开遍行天下的放浪生活。他先是以难民的身份在朝鲜得到庇护，接着在中国过着教职生活，最后搭着汽船来到马赛。他身无分文，但他并不担心该如何在欧洲谋生。他年轻、高壮、俭朴又刻苦耐劳，也有十足信心；而且他有一封由外国人所写，能使生活顺遂的推荐信。

他再次看见故土，已经是很久以后的事了。

7

在那些日子里，他看见了少有日本人能一窥的西方文明。他浪迹欧美，待过许多城市，做过许多工作，有时劳心，更多是劳力，也因此他能探究生命中的高低起伏。但他以东方人的眼光看待这一切，评断的方式也与西方不尽相同。西方人如何看待东方人，东方人就怎么看待西方人。只有一处差异：自己最为看重的部分，事实上却最不可能被对方重视。双方各执己见，完全不能也不曾互相理解。

西方世界比他想象中更大，那是个巨人的世界。当身无分文、举目无亲地在大都会独自生活，就连最大胆的西方人也会抑郁寡欢，更遑论[1]这东方浪人的消沉：隐晦的不安被视而不见。如恒河沙数般的匆忙行人、永不停歇的车阵、毫无灵魂的建筑怪物、不择手段追求功利的这些景况，激起了他的不安。

他看伦敦的方式，或许就像法国画家多雷（Dore）：那是一排排穿过眼际的花岗岩洞穴，而阴暗的拱门形成了庄严却沉闷的氛围。石造建筑有如山峰，混乱的劳工则像是人海，皆处在展现数世纪以来之险峻力量的纪念空间。对他来说，遮挡日出、日落、天空、微风的无尽石崖简直毫无美感。所有吸引我们走进大城市的元素，都让他厌恶或备感压迫；就连灯火灿烂的巴黎也很快令他倦怠。巴黎是第一座他长期停留的外国城市。法国艺术反映出欧洲民族最具美学天分的那一面。这使他惊讶，却一点也不着迷。尤其是裸体画，他在当中只看见一个人公开地揭发自我之弱点，近乎不忠或懦弱，而他曾受的坚忍训练告诉他要尽可能鄙视这些阴暗面。现代法国文学也使他震惊不已。他无法理解说书人所创作的惊人艺术，也看不见作品本身的价值。而若他能像欧洲人一样理解作品，他仍会相信这种经天分转化的作品只象征社会的堕落。在生活华美的首都，他从当时的文学、艺术逐渐找到启发他的信念。他造访游乐园、剧场、歌剧院；他用苦行者及武士的眼光观察，并好奇为何

① 遑论：不必论及。

西方的价值观与远东的愚蠢、懦弱是如此雷同。他看见时髦舞厅内穿着暴露的人，这无法被东方端庄的观念所容忍，美感上则会让日本女性羞愧而死。而他开始怀疑自己曾听闻有关自然、端庄的评论是否正确，例如，日本人在阳光下打赤膊工作会招致批评。他看过许多大教堂及教会，但罪恶渊薮[①]就在它们旁边，像是充斥艺术品赃物的店家。他听着伟大的传教士说教；也听着传教士口中对其他信仰及爱的亵渎，令人生厌。他看见贫富循环来去，以及两者之下的无尽深渊。他却没看见宗教所谓的“抑制力”，因为那世界并没有任何信仰。那只是个讽刺、虚伪及贪得无厌的功利主义世界，非由宗教所规范，而是警察。这是一个人不该诞生的世界。

英国则比法国更加灰暗、肃穆，他为这些棘手的事深深思考着。他研究英国的富强、发展，与黑暗中不停发生的下流之事。他看见许多港口充满大多是掠夺而来的异国珍宝；而他明白英国人仍如其祖先一般，是个海盗；他思考着，如果英国发现自己无法迫使其他民族服务自己，那数百万计的这些人该何去何从。他看见淫窟、酒鬼，让这世界最伟大的城市在夜里变得可笑；他也惊讶英国有麻木不仁的保守伪善者、感念着赐福当下的宗教，也有无知心态将传教士送往根本不需要他们的地方，以及付出善心来协助终止疾

---

① 渊薮：聚集；深广；深渊；根源；鱼和兽类聚居的处所等意思。比喻某种人或事、物聚集的地方。

病、恶行的大型慈善事业。他也看见一位周游列国的伟大英国人[①]的陈述，说建造许多教堂及无数法律的英国，居然有十分之一的人是罪犯或贫民！英国文明比起其他国家，肯定较少显露出信仰的力量，也不像受过教化。英国街道则教他另一件事：这景象不存在佛教城市的街道上。英国文明代表一种正直与狡诈、贫与富之间的恶性循环。暴力与诡计，将弱者推入清晰可见的地狱。日本绝不可能会出现这种梦魇。但光凭现状就创造出的这些物质和成就，不禁使他讶异万分。虽然他看见超乎想象的恶形恶状，他也在贫富之中看到许多善行。他无法解释其中的巨大谜团，及无数矛盾。

相对于其他造访的国家，他比较喜欢英国人。英国绅士的彬彬有礼给他像是日本武士的印象。在拘谨冷酷的背后，他可以感受到接连不断的善意（他体验过不止一次）及运用得宜的深度情感与征服半个世界的崇高勇气。但在他离开英国去美国探究更大的人类成就之前，两国之间的细微差异就不再吸引着他：那些问题在他眼

① “虽然我们已大大超越野蛮生活，而来到文明进程，但我们在道德上仍无同样的进步……说我们大众完全尚未脱离道德野蛮的阶段，甚至还差得远。这一点都不为过。有缺陷的道德，是现代文明大污点……我们整体社会及道德文明仍停留在原始的阶段……我们是世界上最富强的国家，但有二十分之一的人口是地方贫民，且有三十分之一是罪犯。若再加上在逃的罪犯及仰赖私人救济的穷人（霍克斯理医生（Dr. Hawkesley）指出，光是伦敦，每年就有七百万英镑的捐献），或许会发现英国超过十分之一的人口是穷人及罪犯。”——华莱士（Alfred Russel Wallace）（原注）

中逐渐模糊，并认为西方文明是惊人的一体。四面八方——无论是帝国、王国或共和国，都同样展现着冷酷无情的活动，也同样带着令人震惊的结果，且周遭的观念皆与远东完全相反。他只能判断这是一个极度不协调的文明。身处其中时一无所爱，永远脱离时却一无所恨。这与他灵魂的差异，就像是住在另一个太阳系的另一颗星球上。他可以体会劳力的代价，可以感受沉重负担，也可以察觉其惊人之处。但他讨厌这无尽而完美的计算结构，讨厌其功利主义的一意孤行，也讨厌其陋习、贪婪、盲目的残酷、至极的伪善、欲望之肮脏，以及其富强的傲慢。道义上，这文明仿佛是个怪物；常理上，它则相当野蛮。他曾见识这文明极度堕落的深渊，完全与他的理想背道而驰。这是如狼一般的奋斗过程，但能在其中发现许多真正的良善，对他而言是件不可思议的事。西方真正的崇高之处只有智慧。在那冷冽高耸的陡坡上，存在着纯粹知性；但在永恒雪线之下，情感理想尽然消逝。古日本文明的仁义，自然比英国文明的各种面向：快乐包容、道德憧憬、广大信仰、幸福勇气、单纯无私、节制知足，都更加无与伦比。西方的优势并非在道德层面，而是无数苦难中发展而来的智能，并利用它来恃强欺弱。

然而他明白，西方科学无法被反驳，且一定会让这文明之力无限扩展。人世间的苦痛也会无法抵抗、无可避免地泛滥。日本必须要习得新方法来精进新思维，否则便会彻底灭亡，别无他法。此时他心中燃起最大的疑惑，是一个所有圣贤都必须面对的问题：难道宇宙的运行也遵循道德吗？对此，佛教有更深入的解答。

但无论这宇宙以道德或不道德的方式运行，且用直觉判断，他仍然深深相信：的确，哪怕日月星辰如何阻拦，人类应该用尽所有力气去追寻最高的道德理想，一直到未知的尽头。日本急需使自己精通外国科学，并接受许多敌国的物质文化。但这急迫性，却无法使其抛弃正邪、义务、名誉的观念。日本人心中，一个想法正缓慢成形，意图在多年后成为领导者及先师。他们奋力保存所有国粹，并无惧地反对任何对国家自保、自我发展或于国家利益没有必要的输入。也许他们会彻底失败，却不可耻。希望至少在残迹中，能保留某些有价值的事物。比起纵欲及乏味，他对西方生活的挥霍印象深刻。在故国的赤贫中，他看见力量；在故国无私的勤俭中，则看见与西方较量的唯一机会。若非是外国文明曾让他理解自己文明的价值及美丽，否则他将永远看不见那些优点。他期待着重返祖国的时刻。

8

那是个四月的早晨，日出前，穿越无云透彻的黑暗，他再次看见远方祖国那高耸锋利、紫黑色的山脉，在墨色的海上挺拔着。自地平线另一端的流浪生活归来，载着他的汽船后方，慢慢地透出玫瑰色的光线。甲板上，有外国人已急着想从太平洋上一见这最早、最美的富士山景——第一眼在曙光下所看到的富士山，此生或来世都令人难以忘怀。他们凝视着深夜里朦胧的一排长长山脉，顶上星光依旧隐隐闪耀。此时富士山仍未露脸。“啊！”一名被问到的船员笑道：“你们看得太低了，要往高处看，再高一点！”他们接着抬头，再抬头，直到望向天空的正中心，便看见转变成桃红色的雄伟山峰，仿佛破晓时分不可思议的梦幻莲花：这景象让他们哑口无言。接着山上的万年积雪由黄转金，当太阳从地平线弧线上升，穿过黑暗山脉，穿过星群时，雪帽似乎又变成了白色。但巨大的山麓依旧不可见。夜色渐光，天空浸浴在蓝色柔光之中，色彩从睡梦中苏醒；而此时在眼前打开的，是耀眼的横滨湾及不见山麓的神圣山峰，像雪魅一般悬挂在无尽的苍穹。

流浪者的耳边依旧喊着：“啊，你看得太低了，抬高，再高一点！”带出一股悸动，让他心中涌起了难以抗拒的无边情感。接着一切再度变得朦胧：他看不见上头的富士山，看不见下方由蓝转绿的山丘，看不见停泊在湾中船只的人群。看不见现代日本的一切，他只看见昔日日本。散发着春天香气的陆风吹向他，触碰他的血液，而所有他曾遗弃并试图忘却的阴影，也从长期紧闭的记忆中跳脱。他看见祖先的面容：他知道他们长眠的声音。他再次成为他父亲屋舍下的那位小男孩，在一处处明亮空间中来去，在摇曳着树影的榻榻米上玩耍，或在庭园造景中凝视着浅绿幻梦。他再次感受到母亲轻轻触碰他的手，并指引他的小脚在祖先牌位前进行晨间礼拜。而这位男子带着突然发现的新意义，呢喃着男孩般的纯粹祝词。

阿弥陀的比丘尼

1

当阿丰的丈夫（是阿丰的远房亲戚，他因爱而入赘）被领主召唤入京时，阿丰并不担心未来。她只感到忧伤。他们俩从新婚起就不曾分离。但她仍有父母相伴，以及更亲近的——虽然她绝不会对自己如此坦言——她的稚子。

况且她还有许多家事得做，有许多缎布和棉衣要织。

在每天的固定时辰，阿丰都会为离家的丈夫在他最爱的房间里，细心备妥盛在精致漆器中的小点，这些小点就像是神桌上祀奉鬼神的供品[①]。这些食物就放在房间东侧，前头还摆着丈夫的坐垫。之所以将小点放在东侧，是因为丈夫朝东远行。之后，在拿走食物

① 如这种祭祀不在身边的挚爱灵魂之供品，称为“影の膳”。“膳”一字也代表用漆器盛装的食物——漆器上有脚，就像一张小茶几。（原注）

前，她总会掀开汤碗上的盖子，检查那敷漆的内面是否仍有水蒸气附着。据说，供品上的碗盖若有水珠，代表远行的挚爱仍旧平安。但若没有，便代表他已死去——这表示他的魂魄已归来，享用过了供品。日复一日，阿丰每天都会看见碗盖内面有一层厚厚的水气。

儿子是她永远的慰藉。这孩子三岁大，不停地发问一些就连老天爷也不会知道确切答案的问题。当他想玩耍，阿丰便会便放下手边工作陪他游戏。当他想静下来，她就会说起有趣的故事，或是敷衍地回答那些根本无人能理解的问题。神桌及牌位前入夜时会点起小灯，她一字一句地教他有关孝顺的经文。待他熟睡后，阿丰便在他床边工作，看着他沉睡的甜美脸蛋。偶尔他会边睡边笑，她知道，那是观音在梦里跟他玩，于是，她会对着有求必应的菩萨喃喃诵起佛经。

有时，在晴空万里的季节，她会背着儿子攀上嵩山[①]。这是一段让孩子相当开心的路程，不只是因为那些母亲教他欣赏的美景，也因为周遭的声音。坡道穿过树丛及森林，怪石环绕四周；沿途还有暗藏心事的花朵，和精灵住居的树木。鸽子大声地咕咕叫着，复又嗷嗷啼哭；知了也在树上声鸣唧唧。

所有等待挚爱归来的人，若能力可及，都会爬上这座嵩山的

---

① 位于岛根县松江市，布自伎美神社坐落于山顶。

山顶朝圣。无论在城中何处，都能见到此山，而在嵩山山顶则能俯视数国。山上最高处有一块几乎等身、轮廓也神似人形的大石矗立着，大石前方和上方堆叠着小小的卵石，而一旁则立着一座祀奉昔日公主的小神社。那位公主因为思念挚爱，一直在山顶盼望对方归来，最终却因心力交瘁，化为石像。百姓因此建了这座神社，在此祈求挚爱早日归返，而后取走一颗堆在石像旁的卵石。当挚爱平安返家后，卵石必须放回石像旁，以作为还愿与纪念。

阿丰母子总会在天黑前踏上返家路，薄暮此时会轻柔地罩覆着他们。这是一趟缓慢而漫长的路途，往返皆需乘船越过镇边的田地。有时繁星和流萤会为他们照路，有时则是月光，而阿丰会对着月娘轻轻唱起这首出云童谣：

ののさん，
月亮女士，你几岁呢？
十三天——十三又九天。
那还很小呢，原因一定是
为了鲜红色的和服腰带，能好好地打上结，
那条美丽的白色腰带[1]

---

① 因为只有儿童能系上亮色的带。（原注）

在你的屁股上

你会把他送给马吗?

噢，不要，不要!

那你想把他送给牛吗?

噢，不要，不要!

蓝色夜空笼罩在湿润的水田上，在仿佛土地所发出、犹如气泡声的合响中，蛙鸣此起彼落。阿丰向孩子解释歌声的含意：めかゆい！めかゆい！（眼睛好痒，该睡觉了。）

这些片段都是快乐的时光。

2

随后，亘古神秘的生死之司在三天内给了阿丰两度冲击。首先，她发现，自己一直默默祝祷的好丈夫再也不会回来了，他已化为尘土。她继而发现儿子昏死，就连中国的医生都无法唤醒。阿丰遭逢的这两件事，就如同在黑暗之中唯有透过闪电才能看清的轮廓。闪电来临前后，大地只是一片无明之暗，那是众神的慈悲。

当黑暗过去，她打起精神面对名为“回忆”的敌人。阿丰过去总能对外人保持甜美的微笑表情，然而要到与回忆独处，她才发现自己没有那么坚强。她会在榻榻米上摆着玩具，将儿子的衣物散落四处，看着这些东西说着悄悄话，带着淡淡的微笑。但继而却是一阵狂乱的哭嚎。她的头撞着地板，向天问着愚蠢的问题。

某天，阿丰萌生了一个奇怪的念头——某位神官能召唤亡魂。难道她连短暂地与孩子见上一面都不行吗？对孩子稚幼的魂魄来说，这会是个麻烦，但他难道会不愿意为了母亲承受一下痛苦吗？答案是肯定的！

若要召唤亡魂，你得去找某些神官，那些佛家僧人或神道教的神主。他们通晓唤魂咒语，而且你要将亡者牌位一并带去。

斋戒仪式开始，先在牌位前燃烛焚香，同时吟唱经文，奉上米饭及鲜花。必须注意，在此须使用生米。当万事俱备，神官左手会拿起弓一般的乐器，右手快速拨弹，呼唤亡者姓名，大叫“来たぞよ！”（我已到来）。

神官叫喊时声调会逐渐有变，最后变成亡者的声音——这时他已被附身。

然后亡者会回答你仓皇询问的问题，但仍持续喊着：“快点！快点！回魂让我痛苦万分，因为我只能稍作停留！”亡魂在答毕问题后便会立刻消失，神官也恢复正常。

然而唤魂并非好事。呼唤它们会让情况更糟。亡魂一旦返回冥府，会因此再往下一层。

而且当今法律并不允许这种仪式。唤魂仪式虽曾抚慰人心，但法律禁止堪称好事，也算公正。因为那当中存有对人心当中的神性的嘲弄感。

就在某天夜里，阿丰前去郊外一座孤寺——她跪在爱子牌位前听着咒语。

不久后，神官口中出现一道她再熟悉不过的声音，那是她最爱的声音，可是既模糊又稀薄，有如细小的风声。

而那纤细的声音对着她喊叫："快问，快问，母亲！这路上又暗又长，我无法久留。"

她于是颤抖地问道："为什么我儿会遭遇如此不幸？世上还有天理吗？"

而他如此回答："亲爱的母亲，别为我难过！我的死只是为了让您不死。过去一年不但痛苦而且悲伤——而我听闻您的来日不长，所以我暗自祈祷，愿意代替您受死。亲爱的母亲，莫为我哀泣！为死者哀悼并不仁慈。通往冥府之路即是泪河，当母亲哭泣，使得泪河高涨，亡魂便无法通行，只能流浪徘徊。因此我不断为您祈求着，亲爱的母亲，切莫悲伤！您只需偶尔给我一些水即可。"

3

从那时起，阿丰再也不哭。她一如往常，轻轻悄悄地善尽为人子女的孝道。

春去秋来，她的父亲有意让她再嫁，于是对着妻子说道："我们的女儿要是再怀个儿子，对她来说会是件喜事，对我们也是。"

但聪明的母亲如此答道："她现在也不是不快乐。她不可能再嫁了。她已如同初生赤子，不知任何疾苦和罪恶。"

阿丰确实不知真正的痛苦为何。她开始对细微琐事展露出怪异的兴趣。起初，她发现自己的床太大——也许是因为丧子所致的空荡感；接着，日复一日，其他东西似乎全变大了，橱柜、起居室、壁龛[①]和置于其中的美丽花瓶甚至是家具。她还希望能像个孩子，用非常小的碗筷吃饭。

阿丰在这些小地方还算受喜爱，但在其他方面就难以亲近了。她的父母于是常讨商讨该如何处理。最后，她的父亲说道："女儿要是与陌生人同住，想必会痛苦不堪。但我们年事已高，随时可能离她而去。也许我们该让她削发为尼，或是为她建座寺庙。"

---

① 壁龛最早在宗教上是指排放佛像的小空间。是个很新的家装名词，在现代家庭装修上，是一个把硬装潢和软装饰相结合的设计理念，在墙身上所留出的用来作为贮藏设施的空间。

隔天，母亲便问阿丰：“你是否愿意削发为尼？住在一座非常、非常小的寺里，里头有非常小的佛堂，和非常小的佛像。我们也会住在附近。你要是愿意，我们还会请僧人教你佛法。”

阿丰答应了，她要求了一件极小的尼姑装。母亲却这么告诉她：“尼姑也许会希望万事化小，但唯独衣裳不然。你必须穿上大件的尼姑装，这是佛家戒律。”

于是阿丰被说服，穿上与其他尼姑一样的装扮。

4

他们为阿丰建了一座庵寺，就位于某块空地上。由于过去曾有另名为阿弥陀佛寺的寺院坐落于此处，这座庵寺因此也同样被称为阿弥陀佛寺，供奉阿弥陀如来与其他佛。寺内有一座非常小的佛堂及小佛具。也有放上小木经文的小诵经桌、小屏风、钟及挂轴。阿丰在双亲过世后便长居此处，大家都叫她“阿弥陀的比丘尼”。

寺门前不远处有一尊地藏王佛像。特别的是，这尊地藏王能够救助病童。佛像前总可见人摆供着小米糕，代表着为某些病童祈愿，而小米糕的数量则代表病童的年纪。米糕通常只有两三块，很少会出现七或十块。阿弥陀的比丘尼悉心照料着这尊地藏王佛像，日日奉上薰香及园中花朵。有座小庭园就在庵寺后方。

每天早晨化缘结束后，她常坐在一架非常小的织布机前，织着小到无法穿下的衣裳。这些衣裳总被某些明白她背景的商家买下，他们也会回赠她非常小的杯子、花瓶，以及放置在她庭园中那些奇形怪状的盆栽。

她最大的快乐莫过于有孩童的陪伴，而她身边也总不缺乏。日本孩子的童年大多都在寺院中度过；而此地许多孩子的快乐时光，也都在这座阿弥陀佛寺中度过。这条街上的母亲无不乐意让孩子来此玩耍，但会警告他们不可嘲笑那位比丘尼。“虽然她有点奇怪，”她们会如此告诉孩子，“但那是因为她也有过孩子，只可惜过世了。这种痛苦对母亲来说实在太沉重，所以你们一定要乖乖的，也要尊重她。”

孩子们的确十分乖巧，但对她的尊重倒是不尽如人意。他们知多于行，总叫她“比丘尼さん”，亲切地向她打招呼，其他时间就只把她当成自己人。他们还会和她玩游戏，她则用极小的茶杯端茶给他们喝，为他们做了一堆大小有如豆子的米糕，也为他们的玩偶编些棉质或丝质的小衣裳。对孩子们来说，她就像是个亲姐姐。

孩子们每天都和比丘尼玩耍，直到过了嬉闹的年纪就不再来此，开始苦闷的工作人生，成为孩子们的父母，并将自己的孩子送来这儿。孩子们喜爱比丘尼，就像自己的父母过去那样。比丘尼与那些目睹佛寺落成的孩子们玩耍，她和他们的下一代、下下代，一直持续。

众人很留心她是不是缺了什么，尽管她自己都没察觉。大家提供的物资总是多过她的实际所需。她也因此能慷慨地对待孩子们，喂养些小动物。鸟儿在寺里筑巢、在她手上觅食，竟也明白不可降落在佛像的头上。

在比丘尼的葬礼过后的几天，有一群孩子来我家拜访。有个九岁女孩代表大家向我说道："先生，我们来这里是为了刚过世的比丘尼。有人已经为她建了一座非常大的坟，那墓碑真的很雄伟，可是我们还想为她盖一座非常非常小的墓，因为她以前陪我们的时候，常说想要一座非常小的墓。如果我们筹到钱，那个石匠答应会为我们做一块漂亮的小墓碑。所以我们觉得，也许您可以慷慨赞助些什么。"

"当然没问题，"我说："但你们现在就没地方可以玩耍了。"

她微笑地答道："我们还是可以在阿弥陀佛寺里的广场玩。她就葬在那里。她会开心地听着我们嬉闹的声音。"

君 子

遗忘

却不再出现的想法，

才是由衷。

比起不断地思念——

想法哪。

——君子

（希望能被挚爱所遗忘，是一个比试着不遗忘还要难上许多的灵性挑战。）

1

她的名字，写在艺者町一间家户那入口处的提灯上。

入夜后的这条街，是世界上最奇妙的景象之一。它窄如舷梯，黑暗闪耀在关得紧闭的店铺木门上，每一间都有一面看起来像是毛玻璃的纸障子，让你误认为是头等席。建筑有几层楼高——但根本不见其影，尤其当没有月亮映照时。因为灯光只照到雨遮下的低楼层，所以在那之上是一片漆黑。灯光来自障子内的油灯，和外头的提灯——一家一盏。若望向街上，会看见两旁的提灯，在远方交会成一根黄色的光棒。那是蛋形或筒形的提灯，有的则是四角或六角形，上头精美地绘着日本文字。街上静谧得像是无人的家具展示场。这是因为居民大多已出门参加宴会或祭典。他们的生活到晚上才开始。

向南左侧第一盏提灯上头写着“金の屋：内冈田”，表示这栋金屋住着冈田 家。而右侧的提灯写着西村家，及一个名为美生鹤的女子，这名字象征着生活高贵的鹤。左侧第二间是梶田家——里头住着小花，花蕾之意；及雏子，她的脸蛋美丽得就像洋娃娃。其对面则是长江家，里头住着君香及君子……而这两排有名有姓的明亮房舍绵延了半里长。

而最后这盏提灯上写的是君香及君子，这透露了她们的关系。

不仅如此，君子还被标上“二代目”，表示她是第二代君子的敬称。君香是师匠和主人：她培养过两名艺伎，且均由她命名或改名为君子。而再次使用君子这名字，也大大说明了第一代君子想必相当受欢迎。因为任何不吉利或不成功的艺名都不再有后继者。如果你有幸进入那家门　推开挂着提灯的那 边房门时，会响起门铃以提醒有客人来访——或许你能遇见君香，她会带着一小群艺伎相迎。你会发现她十分伶俐，且非常值得交谈。当她在兴头上时，会告诉你最有趣的故事，有血有肉的真实故事，关于人性的真实故事。因为艺者町里满是传说。有喜、有悲，且有张力，每家每户都有故事，而君香无所不知。有的骇人听闻，有的让你捧腹大笑，有的则值得深思。第一代君子的故事便属于最后一种。它并非是最珍奇的故事，却最容易让西方读者理解。

2

第一代君子已不复存在：她只是个记忆——君香与她同门时，君香还相当年轻。

“她是位非常非常棒的女孩。”君香如此说起君子。为了在业界赢得好名声，艺伎必须貌美或聪明，有名的艺伎则通常才色兼备，她们通常会依据这些潜质，年幼时便由训练者遴选出来。即使平庸的歌女也必须在年轻时拥有某些相应的魅力。但愿启发日本俗语“十八岁的恶魔也很美”的恶魔之美，是真实的[①]。但君子不仅美丽，更是日本美人的典型，而这并非平凡女子所能轻松达到。她聪慧过人，她多才多艺。她会吟咏优雅短歌，会精巧地插花，毫无破绽地展演茶道，也精通刺绣及雕花。一言以蔽之，她万艺皆通。她初登场之时，就在京都掀起了一股热潮。她显然能得到她想要的任何事物，荣华富贵正唾手可得。

很快地，她便证明自己已学成出师。她曾被教导如何在所有可能的环境下做好自己的本分。不过君子所不知的事，年长的君香无所不知：美貌的优势及情欲的弱点；承诺的狡诈及冷漠的价值和男人内心所有的愚痴及邪恶。君子曾几次为此犯下错误并流下懊悔的泪水。不久后，她便如君香所盼的，变得略为危险。正如灯火是为了夜鸟而亮，有些鸟飞过时却会熄灭灯火。而灯火的功用在于使愉悦的事情变为可见：此自无心。同样地，君子没有恶意，也没那么致命。焦急的双亲发现她既不想嫁入好人家，也不想认真地谈场恋爱。

那些立下血誓，并要舞女切掉自己左小指回报，以志此情不渝的年轻男子——君子对他们也嗤之以鼻，甚至想使点坏来治好他们

① “鬼も十八、薊の花。”另有一句与龙有关的类似谚语：“蛇も二十。”（原注）

的痴情。有些土豪会想提供她土地房舍，以赢得佳人归。其中一人还曾慷慨地想无条件赎回她的自由，其开价足以让君香一夕致富。然而君子虽然感谢，却仍宁可身为艺伎。她运用自己的冷漠，十足圆融地控制怒气，也知道如何在多数情况下疗愈失望之情。当然也有例外。某个老人认为除非得到她的芳心，不然就一死了之，于是某夜便邀她一同把酒言欢。但善于察言观色的君香，偷偷将君子的酒换成茶（两者颜色相同），凭着直觉救了君子宝贵的一命——然而十分钟后，这愚蠢老人的魂魄无疑带着极大的失望，走向了冥途……从那夜起，君香就像母猫一般监视着君子这只小猫。

这只小猫变成了一股潮流、一股狂热或是一阵旋风。她成为当时抢手的名伎。也有一位外国王子念念不忘她的芳名，送给她一串钻石作为赠礼，但她却不曾佩戴。而她收到的各种礼物，皆来自买得起名品以取悦她的人。即使只为了一亲芳泽，哪怕只有一天，也是这些贵公子的目标。但君子仍不让任何人以为自己就是那位真命天子，也拒绝为了钟爱一生而订下婚约。对此的任何异议，她均以自知分寸作为回答。有些名声响亮的女子，甚至会在外头说她的坏话——因为君子的名字从未牵扯进任何家庭失和的故事中。可见她的确有其分寸。且时光在她身上更增添迷人魅力。也有其他闻名的艺伎，但没有一位能与她相提并论。有些厂商还会确保自己持有她照片的使用权，以制成有利可图的贴纸。

但某天出现了一则惊人的新闻，君子终究还是袒露了她柔软至极的心肠。她已经向君香请辞，并与某位能给她所有想要的美丽衣裳的人离开。他也渴望给予她社会地位，及平息有关她昔日荒淫的传闻；他更愿意为她死上几次——他为了爱已经折损了半条命。君香说，曾有个傻瓜因为君子而企图自杀，君子出于同情而照顾他，最后又回到痴爱的状态。丰臣秀吉曾说，世界上他只怕两样东西——傻瓜和暗夜。君香一直都害怕傻瓜，但有位傻瓜带走了君子。

君子将不会再回到她身边。泛着自私的泪，君香又说道：“对他们双方而言，这是七世之爱。”

但君香只说对了一半。君香确实聪明，但她未能看透君子灵魂深处某些私密的所在。如果她早些看见，便会大声惊呼。

3

君子有和其他艺伎不同的高雅血统。在她尚未取花名之前，她原名あい。但此名的汉字可作爱情的“爱”，也可作哀伤的“哀”。而这名为“爱”的故事，既带着哀也带着爱。

她曾受过良好的教育。当还是孩童时，她被送去老武士兴办的私塾。在那里，小女孩会坐在一尺高小桌前的坐垫上，而老师均为无给职[①]。今日老师的薪水比公务员还高，教学态度却不如过去那般真诚。仆人那时总是当起伴读，带着她的课本、笔墨、坐垫及小桌往返学校。

后来她进入公立小学。当时第一版现代教科书才刚出版，将英国、德国、法国故事翻译成日文，并精心选录关于荣誉、责任与英雄主义的故事。还附上纯真的小插图，里面人物穿的衣服绝不可能出现在现代西方人身上。那些看来寒酸的小课本，如今却是逸品：它们早已被编辑得粗制滥造的教科书给取代。小爱学得很快。每年考季，有位当时会参访学校的大官，会视如己出地与学生话家常，在颁奖时也轻拍着每一颗小脑袋瓜。他现在已经退休，且无疑已忘记当时的小爱；现在的学校则无人关心女孩或颁奖给她们。

接着是废藩制县的改革，高官贵族被打入无位无禄的平民阶级，使得小爱也必须休学。许多大悲剧随之而来，她与母亲、年幼的妹妹相依为命。母亲和小爱只会编织，但光靠编织无法养家活口。首先是变卖房舍土地。接踵而至，所有非生活必需品如传家宝、首饰、高级衣裳、镶有图纹的漆器，都贱卖给那些踩着他人的不幸致富、财产被称为“泪金”的人。生者的援助很有限，因为大部分的武士族亲也同样悲惨。当她们一无所卖时（甚至连小爱的课

① 无给职：没有俸禄

本都卖了），却从亡者那儿得到了帮助。

她们想起小爱祖父下葬那时，大名赠予的宝刀也一起入了土。宝刀的刀鞘是用黄金做的。于是她们开棺，将那巧夺天工的刀鞘换成普通的刀鞘，并拿掉刀鞘上的装饰。但她们并未取走刀身，因为已逝的武士可能在地下需要它。小爱看见祖父的脸，就像是依循古礼下葬时，他跪坐在高级武士棺材的土瓮里的模样。在下葬多年后，他的五官仍清晰可辨。而他似乎同意她们将刀身留下，笑着点头。

最后小爱的母亲病倒在编织机前，而刀鞘上的黄金也已全数变卖。小爱说道："母亲，我知道我现在只有一条路可走。请将我卖身为舞女。"母亲泣而不语。但小爱滴泪未流，独自走出房门。

她还记得从前在她父亲的家举办宴会时，舞女会在旁侍酒，而一位名为君香的独立艺伎曾不时照顾她。于是她便直接来到君香家。"我希望您能买下我，"小爱说道，"而且我需要一大笔钱。"君香笑着安抚她，并奉上食物，静静地听她诉说。她未流一滴眼泪，十分勇敢。"孩子，"君香说道："我给不起你一大笔钱，因为我手上有的不多。但这是我能做的——我会承诺照顾你的母亲。孩子，因为你的母亲是位伟大的女性，也因此她不知该如何灵活用钱。请你令人尊敬的母亲签署这份合约，同意你在二十四岁前都跟在我身边，或者直到你还清债务。我现在可以先给你一笔钱作为赠礼，好让你拿回家。"小爱就这样成为了一名艺伎。君香将她改名为君子，并信守承诺照顾她的母亲及小妹。但母亲在君子成名之前便离开人世，而小妹也开始上学。之后发生的事，一如前文所提。

至死不渝地爱着这位舞女的年轻人，他值得更好的女子。他是家中独子，而他的双亲既有钱又受封爵位，也愿意为他做出任何牺牲，甚至愿意让一名艺伎进门当媳妇。此外，他们更不嫌弃君子，因为她已经拥有了他们的孙子。

在离开前，君子参加了小妹小梅的婚礼，她刚从学校毕业。她既温柔又美丽。君子用她对男人邪恶的知识凑成了这桩姻缘。她选择了一名相貌平庸，忠贞不贰，且作风老派的商人。他再怎样都坏不到哪去。而小梅并不怀疑她姐姐的眼光，时间也证明这是对的。

4

那时正值四月，君子搬进为她准备的家。那是一个能忘却尘世中所有不快的地方，就像那遗落在阴暗静谧，筑有高墙的花园之中一处迷人的仙宫。因为善行的庇佑，她感觉自己宛如在蓬莱国重生。但春去夏至，君子还是那位君子。为了某些不能说的理由，她曾设法使婚期延后三次。

到了八月，君子不再胡闹，用温柔但坚定的语气向他诉说：“是时候说出我心中积藏已久的话。为了我的母亲，也为了小妹，我必须往进地狱里去。过去已逝，但业火仍在我心中灼烧且无法消灭。我并非为了想进入望族，也非为你生个儿子，更非贪图你的房子……容我说一句——关于错事，我所见的比你多太多……我绝不想做一个让你蒙羞的妻子。我只是你的朋友、玩伴、过客。但这也不是为了什么好处。因此我该离开你！那天肯定会到来！你会看得更清楚。我还是会温柔待你，但不是现在这样，这是愚痴。请记得我的这些肺腑之言。你将会找到另一个甜美优雅的真命天女。我看得见她们。但我不可能变成你的妻子，也不可能体会为人母的喜悦。亲爱的，我只是你做出的一件傻事，一道幻象，一场梦境，一道掠过你人生的阴影。或许我之后会转世为其他生物，但绝不可能是你的妻子，无论此生或来生。若再问一次婚期，我就会离开。”

毫无来由地，君子在十月消失无踪。彻底一走了之，不见人影。

5

无人知晓她何时及如何离开。即使是附近的邻居，也无人瞧见她曾路过。起初他们认为她很快就会回来。因为她所有美丽贵重的家当、衣裳、饰品、礼物，和他们的财产，都丝毫未取。接续数周仍毫无音讯，他们开始担心她是否遭遇不测。翻遍河床、搜遍水井。也用电报、书信四处打听。更派仆人搜索。

悬赏任何消息　　特别是君香提供的酬劳。她与君子十分亲密，甚至只要有君子的消息，她要付酬劳都无所谓了。但是谜团依旧未解。即使警方也无能为力：她只是离家，既没做错事，也没犯法。而且帝国警察制度的庞大体制，也不是为了被爱冲昏头的青年而设立的。月复一月，年复一年，无论君香或在京都的小妹，及崇拜这位美丽舞女的无数民众，都不曾再次见过君子。

但她的预言成真了，他们已流干眼泪并消除所有期盼。在日本，没有人会为同一件事再度死心。她的仰慕者想通了。他后来认识了一个甜美的妻子，也生了儿子。又过了几年，就在君子曾居住的仙宫，一家人过着幸福快乐的日子。某天早晨，一个游居四方的尼姑，来到他们家门口化缘。孩子听见尼姑的读经声便跑向玄关。此时，家仆正拿着要施舍的白米，好奇地看着尼姑一边抚摸孩子，一边对着孩子说悄悄话。接着孩子对着家仆叫着：“我要给她白米！”在帽缘的阴影下，尼姑恳求道：“请您让那孩子施舍我。”于是那男孩将白米放入化缘的钵中。她谢过孩子并问道：“那你是否愿意再为我说一次，我刚才希望你对你那令人尊敬的父亲说的那句话呢？”那孩子口齿不清地说道：“父亲，你那位这辈子再也见不到的人说，她因为看见你的儿子而感到开心。”

尼姑微微笑着，再次摸摸他，随后离开。当孩子跑向父亲重述着那尼姑的话时，更是令家仆纳闷不已。

父亲听见那句话后，他眼眶一片模糊，并抱着孩子痛哭。因为他，只有他，知道当时在玄关的人是谁，以及话中的特殊含义。

他反复想着，不发一语。

他知道恒星与恒星之间的距离，远小于他和曾爱过他的女人之间的鸿沟。

她在何方遥远的城市，她在何条蜿蜒狭窄的无名美丽街道，她在何座只有最穷困的人才知道的偏僻小庙——他知道探究这些都是没有意义的。因为她正看着无尽天幕、正等待着黑暗中的黎明。那时大恩教主的慈颜将微笑看着她，佛陀会用比爱人口吻更为慈爱的深沉语调，对她说道：“我的法娘，你已功德圆满。你已修成正道，我在此接引你至西方！”

短 歌

1

对于一个数世纪以来普遍将诗歌视为表达情感的方式的民族，我们自然也会认为其寻常的人生理想颇为高尚。和其他国家的上层阶级相较，这般民族的上层阶级可能仍犹未及，但可肯定的是，日本底层阶级在道德及其他方面，确实比西方同阶级还更进步，而日本社会的确也呈现出如此氛围。

诗歌在日本就像空气，存在于每个人心中，人人都读诗歌，几乎人人也都创作诗歌，不分阶级贫富。诗歌不是只存在精神层面上：它处处可闻，甚至处处可见！

关于处处可闻的诗歌，只要在工作场合，就听得到诗歌吟唱。农事辛勤与街头劳动都被唱进诗句音律中，表达人生短暂犹如蝉的生命周期。至于诉诸文字阅读的诗词，它俯拾即是；无论是写的还是刻的，是汉字还是假名，都是一种装饰形式。你也许会在数以千计的家屋中看到隔开房间或凹室的屏风，上头有中文或日文的装饰文句，这些文句正是诗词。而在较富贵的人家中，通常会挂出一些“额”，它是一种挂起来欣赏用的匾额。无论横竖，或是上头画些什么，都会写上优美的文字。然而几乎任何一种土产器皿中都可见诗词的踪影，例如火盆、铁壶、花瓶、木盒、漆器、瓷器、高级竹筷——甚至牙签！诗词也画在店头招牌、壁板、帘幕或团扇上。诗词也印在浴巾、帐幔、窗帘、手帕、丝质内衬及女性丝质内衣上。诗词也印上或画在信纸、信封、钱包、镜匣、旅行包等。诗词也镶嵌在搪瓷，刻在铜器、雕在金属烟管，绣在烟草袋上。若想一一数尽上头有诗句的物品，无疑是缘木求鱼。各位读者也许知道众人吟诗作对后将诗词挂在开花树上的日本习俗活动；七夕时为了纪念牛郎织女，也有同样的习俗，在色纸上写下诗词后系于竹枝，这景象甚至在路旁便可看见。当色纸随风飘扬，就像许多小旗子。也许你会发现某些日本村庄中不见树木也没有花朵，但绝对没有哪座村庄是看不到题词的。你也许——我就曾如此——也许会流浪到一处贫困到你得不到爱、钱，甚至讨不到一杯茶的村落；但我不相信你会发现一处无人能吟诗作对的地方。

2

最近我在细读某本多为抒情或叙事短歌的诗歌手稿集时起了念头，心想，从当中撷选部分诗句，或许能勾勒出某些日本式的情感特质，以及某些罕为人知的日式艺术表现理论。于是我立刻大胆动笔，写下了这篇文章。这些由不同人、在不同时空下搜罗而来的诗歌，主要是为了特别时节所写，体裁也较西方诗歌更为密集或简短。少数读者可能会发现关于这种诗歌体裁的两个有趣的事实。这两点都可在我的选集过程及文本中找到例子，虽然我不敢期待在我的翻译下能重现原文所要传达的事物，无论是意象还是情感。

第一个有趣的事实是，日本从远古时期就已开始创作短歌，而且诗歌身具道德任务，不是只有艺术成分。当时伦理的教诲有点类似：你生气吗？别口出恶言，写首诗吧。你痛失至爱吗？莫沉浸于无谓悲戚，借写诗让自己平静。你大限将至，却仍苦于未竟之业？勇敢点，写首死亡之歌吧！不管不公或不幸如何烦扰，且搁下怨怼及担忧，写首朴实又高雅的短歌，作为道德的实践吧。因此，在昔日，每种痛楚都能联结到一首诗。生离、死别、灾难，都可以化为几行哀歌。因贞操被夺而欲求死的女子，在割喉自尽前写了一首诗。武士切腹自绝前，写了一首诗。甚至在较不浪漫的明治时代，决心赴死的年轻人通常也习惯在离世前写些诗歌。在厄运时写首诗，现在也依然是个好习俗。我时常听闻，诗歌多是在最苦闷、困顿、甚至死前时刻所写成。即便这些诗歌当中不见任何超凡天分，至少也是人在苦痛中犹能自制的明证。将谱诗作为伦理实践，这肯定比其他以日本体裁创作的诗歌更加有趣。

另一个有趣事实是在美学理论上。在现代的认知下，诗歌的艺术原则和日本绘画的原则完全相同。短歌诗人借由寥寥数字，创造出宛如画家以几道笔触所表达的效果，也就是激发出一道画面或意境，借以唤醒感官或情感。而要达到此目的，无论是诗人还是画家，都得全然依赖暗示的能力，而且唯有此法。所以，一个日本画家若试图苦心擘画、重现在某个春日早晨的苍雾，或是在秋日午后的金阳中所见的某些景象细节，他很可能会被责难。他不仅违背了自己文化的艺术传统，也必然因此毁了自己的目标。同样的道理，一位诗人也可能会因为在短歌中完整传达出情感而遭受非议：诗人的目的应当聚焦在挑动情绪，而非丰富想象空间。因此“逝ったっきり”一词——意即“全部消失”，意指“一字不漏”——便被用作轻蔑地形容那些被诗人道尽想法的诗作。赞美则会留给那些留下心中未言悸动的诗歌。就像寺庙大钟只撞一次的声响，完美的短歌应该要在听者心中呢喃、起伏，余韵幽幽不绝。

3

日本诗歌也因此缘由而被认为类似日本绘画。要完全理解日本绘画，需要深入熟知它们所反映的生活。在诗歌的情感层面尤其如此——对西方人来说，要体会绝大部分诗作当中的文学转译意涵并不容易。例如这两句诗，在日本观点便相当哀伤：

蝴蝶双飞舞

去年爱妻逝

除非你刚好知道蝴蝶在日本象征幸福婚姻，而且古礼上新婚夫妻都会获赠一对大型纸蝶，否则这两行诗可能就难以理解。再举某位大学生近期受到评论家赞扬的这首诗为例：

故乡父母居

虫儿声声唤

这诗人是位来自乡下的小伙子，他在陌生荒野中听见虫儿的秋日合鸣；这声音唤醒了他对远方故乡和双亲的回忆。但以下还包含一个比这两句还要动人的情感——虽然从翻译中看不出来：

呜呼！

风刺透心扉

帐子纤指作！

这是什么意思呢？这意指一位母亲的丧子之痛。“帐子”是日本家户以透白纸张做成的门窗，能让阳光穿透进来，又具有遮蔽效果，就像毛玻璃，室外的人看不见室内，且能防风。小孩喜欢用手指戳破纸窗：让风从洞口吹进来。风的确吹得人寒心，因为对母亲来说，风穿过的正是那已逝的爱儿戳破的小洞。

这些潜藏在诗句当中、不可能透过转译来传达的隐晦意涵，现在就清楚多了。无论我再怎么努力表达这些隐喻，都必定“全然消失”，因为意在言外的东西必须表现出来。况且日本诗人能用十七缀音乃至二十一缀音表现出来的诗，若用英文，可能需要至少两倍才能译出。但这情形也许能带给以下这几句诗中的情感表现元素一种额外趣味：

母の懐出

冬の夜や遠くきこゆる咿唔の声

—

母之怀想

透澈美夜中，童子读出声，

令吾心分神，忆起亡故儿

春の記憶

うつり香を軒端の梅にとどめ置きて

さこえにし妹はいづちいのけん

—

春忆

她至此离去，化梅檐下绽，

她迷人的青春美貌，及纯真的少女心，加速花朵绽放飘香——

啊！不知如今她身在何方，我们至爱的亡妹？

別の信仰の空想

墓訪へば杉に鳩鳴く暮の秋

風そよと墓石への桐の一葉かな

ねかづけば墓から蝶の舞ひあがる

—

其他信仰的幻想

我在墓园寻找故友之坟：野鸽在老松上鸣叫。

刮起的怪风，也许是回忆的象征——我为亡者献上这水面上的一片落叶。

我在墓前诵经：舞蝶飞过——也许是挚友之魂！

夜の墓地にて

墓にそゝぐ水やむかしの月の影

—

夜墓

这水面上的月影我献给亡者，

与昔日一如往常的月光。

長き不在ののち

廢園に月の昔を懐ふかな

—

久违之后

我曾爱过那个花园，甚至里头的篱笆，

如今一切都已改变且陌生：只有月光依然——

只有月光依然记得时光迷人地流逝！

海上の月

海に入って生れかはらばや朧月

—

海上之月

朦胧的春月！——沉入海中

使我重生，一如水中光芒！

别れて後

方角も知らぬ海なり春の月

—

离别之后

去吧无论哪里！瞧？何处是离别？

边界已消失；——一无指引：

只有月光下荒芜之海！

幸福な貧乏

破れ窓もうれし梅が香風のまに

—

幸福的贫乏

梅香在房间飘荡，破窗变成喜悦之乡

秋の思

萩枯れて松虫何を夢むらん

秋行くと告ぐるにや鐘遠くより

ふるさとの木の蔭懐ふ秋の月

—

秋思

一、三叶草已枯萎：松虫在秋日荒野梦见什么？

二、夜钟听来格外哀伤——或许声声唤着秋日渐逝之夜！

三、望秋月，忆起故乡同一道柔光——及老家的夜影。

悲みの折蝉をきいて

世の中は蝉の抜殻何を泣く

—

悲闻折蝉鸣

咿咿，可笑的蝉鸣！

众人均知，世界如蝉壳。

知の力の壮大

濁れるも澄めるもともに容るゝこそ

千尋の海の心なりけれ

—

智力的崇高

澄净地清浊交融——

并称为千寻之海之心

神道の畏敬心

怒濤岩を嚙む我を神かと朧の夜

—

神道的敬畏心

怒涛拍岩：我在黑暗中自问，

“吾能以神为之？”昏暗的是夜与野！

“吾能以神为之？”亦即“我是否已死？在此荒寂之中，我是否只是一缕幽魂？”得道成仙或幻化为神的亡魂，常被认为喜爱在荒郊野外飘荡。

4

上述诗作的意象别具画面，让人联想到某些情绪或感觉。但仍然有数以千计如画般的诗歌并非如此，让读者只觉枯燥无味，而不知其原来的意图。一旦你了解那些华丽辞藻中的意涵，只不过是“水鸟翅膀上的夕阳”或“花开满园中飞舞着蝴蝶”，那么你对这些堆砌而来的诗句便会丧失最初的兴趣。不过，这些短句自有其真实的价值，以及和日本美感及体验紧密相系的关系。就像在屏风、团扇或茶杯上的绘画，这些诗句也借由唤醒对自然的印象、旅游或朝拜时的快乐经历，以及对美好时光的记忆，进而带来乐趣。而明白了这清楚的事实之后，日本现代诗人就足以适当传达出对往昔诗风的不变眷恋。

我需要再多举几个画意十足的诗句为例。以下是最近几首诗的节录：

寂寞

古寺や鐘もの言はず桜散る

—

寂寞

古寺抑或是

钟均静默不出声

樱花自凋零

寺に一夜を过ごしての朝

山寺の纸帐明け行く瀧の音

—

寺庙过夜后翌晨

深山寺庙中

纸蚊帐阳光普照

瀑布声满溢

冬景

雪の村鶏啼いて明け白し

—

冬景

雪中村庄里

鸡只纷纷频啼鸣

破晓见白光

让我以引用另一类诗歌来总结这段关于诗歌的话题。这类诗歌在某些意义上同样画意，但它的特别之处主要在于巧妙性。那就是即兴创作的两首奇诗。第一首相当古老，是著名女诗人千代的作品。她受挑战要以十七缀音创作出一首含有方形、三角形及圆形在内的诗。据说她信手拈来，立刻咏出如下诗句：蚊帐の手を一つはづして月见かな，意即“掀开蚊帐一角，瞧！我看见月娘”。蚊帐顶端因四角支撑而悬挂在半空，象征方形；掀开蚊帐一角，便将方形变成三角形；而月亮指的自然是圆形。

另一首十七缀音的有趣诗句，是最近致力描述死不足惜的底层贫穷生活，可能是流浪学生的华丽悲剧的即兴创作；我很怀疑这精妙诗句还能再上一层楼：

盗んだる案山子の笠に雨急なり，意即“倾盆大雨，打在我从稻草人偷来的斗笠上”。

微光中的佛像

“你对神像有研究吗？”

“神像？”

“对，偶像，日本的偶像——也就是神像。”

“一点点，”我答道：“但不多。”

“好吧，那过来，要看看我的收藏吗？我收集神像已经二十年了，确实有些值得瞧的。它们可都是非卖品，除非大英博物馆想向我收购。”

我跟着这位古董商穿越他店里的珍宝，经过一块铺石空地，来到一个少见的大型土藏[①]。就如一般土藏，里头相当昏暗：我勉强从一片漆黑中看见上楼的阶梯。他在阶梯上停了下来。

“等下你会看得比较清楚，”他说道：“我特别为这些古董盖

① 土藏是远东通商港口的防火仓库，其名源自马来语的gadon。（原注）

了这座土藏，但现在已经快不够放了。它们都在二楼。请上楼吧，小心，这楼梯有点陡。”

我上了二楼，来到一片昏黄之处，上头的屋顶相当高。此时我发现自己正面对着众神像。

在这土藏的昏黄之中，景象益发诡异：犹如进到幽冥世界。阴暗的空间中充满罗汉、菩萨、佛祖，及比它们还古老的神像。它们并非如寺院般按照阶级排序，而是杂乱地随意摆放，宛如沉寂的恐惧。几颗佛像的头、破碎的光环，或为恫吓或为祈祷而举起的双手——从布满了蛛网的墙上孔洞中，映照出的闪耀纷杂——我看见各种样貌的观音、许多名号的地藏王、释迦牟尼、药师佛、阿弥陀佛及佛陀与众弟子。它们非常老旧，其工法不完全为日式，也不属于任何地方或时代：其外形来自韩国、中国及印度。应该是在早期佛教传入的黄金年代里，跨海购得的珍宝。它们有些坐在莲花，且是灵界的莲花上。有些则骑着豹、虎、狮或其他奇兽，象征着电光或死亡。其中一尊三头千手、亦邪亦正的佛像仿佛于金碧辉煌中，在一群象阵拱托的王位上奔腾着。我也看见隐约供奉在火焰中的不动明王，摩耶夫人[①]则骑着她神圣的孔雀。在这些佛像里，也有一些穿着盔甲的大名像及中国圣贤像混杂着，有如身处时代错乱的地狱

① 又称摩耶王后，是释迦牟尼的母亲。

一般。那里也有直上屋顶，背后插着雷电，看起来相当愤怒的巨大形体：将风暴人格化的四天王像，及废弃寺院山门的守护神仁王[①]像。也有一些美艳的女神像，它们优雅轻盈的四肢坐在莲花上，纤纤玉指细数着妙法。灵感可能源自某些被遗忘的过去，那些印度舞娘的风采。在倚着砖墙的柜子上，我辨识出许多小型神像。在黑暗中闪耀着宛如黑猫之眼的鬼像，以及半人半鸟、有着老鹰翅膀及鸟喙的神像，即日本传说中的天狗。

“如何？”古董商问道，他看着我脸上的惊讶表情自满地咯咯笑着。

“很棒的藏品。”我回答。

他拍了拍我的肩，神气地在我耳边大声喊着：“这可花了我五万圆。”但这些神像告诉我的是：尽管可能是东方雕塑师的廉价作品，但对于被遗忘的信仰而言，它们价值非凡。它们也传达给我，从前有数以万计的信徒曾用双脚磨出通往供奉这些神像的寺院道路；告诉我已故的母亲们曾在寺院前悬挂童装；告诉我数代的孩子曾被教导要在这些神像前诵经；告诉我它们曾有过无数的悲伤、祈愿。数世纪以来对鬼神的崇拜随着它们逐渐被放逐；在这满布灰尘的空间，弥漫着恬淡的薰香气味。

---

① 又称大力金刚神，传说中是天界的守卫，也是佛陀的侍从。

“你知道它是什么吗？”古董商问道，“有人说它是里面最精致的。”

他指着一尊坐在三片金色莲叶上的神像。阿缚卢枳低湿伐逻——观世音——风暴、憎恨与火炎均屈服于她的名下。恶鬼闻名退散。借其名，众人能如日轮般顶天。她四肢的优美及微笑中的娇柔，宛如身处印度天堂之幻。

“这是尊观音，”我答道：“而且它非常美丽。”

“有人愿意出高价买下它，”他说道，并促狭地眨了眨眼：“这价钱对我来说够高了！虽然我通常卖得十分便宜。有些人会想买下它们，但这交易必须私下进行。你应该也知道吧，这让我有优势。看见那尊角落里的地藏王——又大又黑的那尊了吗？你认得出来吗？”

“延命地藏，”我答道：“地藏，长寿之神，它的历史一定相当久远。”

“这个嘛，”他说道，并再次拍着我的肩膀：“原先拥有这尊佛像的人，因为把它卖给了我，如今人在监狱。”

语毕他放声大笑。我不确定这是因为想起自己在交易时的过人机智，还是单纯嘲笑卖家违法的不幸遭遇。

“结果，”他继续说道：“他们想把它用更高价赎回。但我拒绝了。虽然我对神像一窍不通，但我起码知道它们很值钱。这尊神像在国内绝无仅有。大英博物馆会非常乐意收藏。”

“你打算何时将这批收藏捐给大英博物馆？”我冒昧问道。

“这个嘛，我想先策个展，”他答道：“在伦敦办神像展是有利可图的。伦敦人这辈子从没见过这些玩意儿。你接着只要打点好他们，教会人员也会帮忙策划类似展览，因为这有助于传教。喊着‘日本的偶像崇拜！’……那你觉得那个如何？”

我望向一尊小型金身赤子像，它伫立着，一只细手指向天，另一只则指着地——象征诞生的佛陀。犹如旭日东升，他在子宫内散发光明……他向四方走了七步，足迹宛如北斗七星。接着他以清晰的声音说道：“天上天下，唯我独尊。三界皆苦，吾当安此。”

“这就是诞生释迦，”我说道：“这金身看起来像是青铜做的。”

“的确是青铜，”他答道，并用手指弹了铜像几下，发出清脆的金属声。

“光是这青铜材料的价值，就比我当初买进时高。”

我看着高度直逼天井的四天王像，想着《大品犍度部》[1]中描述他们出现的场景：某个美丽的夜晚，四天王进入圣森中，周围充满光明。在庄严地礼拜佛陀后，他们分驻四方，宛如东南西北的四柱火炬。

---

① 一种集结佛教戒律的汇编书籍。

“你是怎么把这么大的神像顺利搬上楼的？”我问道。

“喔，我用拖的！这里有一个天窗。但用火车把它运来这儿才是个麻烦事。那是它们的第一趟火车之旅……但你看看，它们会让展览大放异彩！”

我四处张望，看见两尊大约三尺高的木雕神像。

“你为何认为它们会大放异彩？”我天真地问道。

“你没看到它们是什么吗？它们打从基督教受迫害时就存在了。日本恶鬼附身在十字架上！”

虽然它们只是小寺的守护神，但脚下都有一组十字架式的支柱。

“有人跟你说过，这些十字架有恶鬼附身吗？”我大胆问道。

“不然它们在干吗？”他含糊其词，“看看它们脚下的十字架！”

“但实际上他们不是恶鬼，”我强调：“而且那些十字架在它们脚下，只是为了平衡罢了。”

他看来失望而不发一语。我因此对他有些不好意思。“附身在十字架上的恶鬼”一行字，若是作为日本神像抵达伦敦时，其宣传海报之文案，肯定会吸引大众的目光。

“这个更美。”我指着一群美丽的神像——它是按照传说所作。还是婴儿的佛陀正躺在摩耶夫人怀中。菩萨毫无苦痛地从母亲腹中诞生，那天是四月初八。

“那也是青铜器，”他拿起来敲了敲：“青铜做的神像越来越少了。以前我们会将之买下，当作旧金属卖掉。早知道我就留着一些！你真该瞧瞧那时候从寺院里搜到的青铜器——有大钟、花瓶和神像！那时我们还试着买下镰仓大佛。”

“为了旧金属吗？”我问道。

“对，我们算过金属的重量，还组了一个联合会。我们第一笔生意就卖了三万圆。因为有许多金器和银器可收，我们能大赚一笔。僧人会想卖掉，但一般百姓就不会。”

“可是，那是世界珍宝之一，”我说道：“你们真的已经把它拆了吗？”

“当然，何不呢？不然还能怎么做呢？你看，那尊看起来就像是圣母像，不是吗？”

他指着一尊抱着小孩在胸前的女子金身像。

“是没错，”我答道：“但这是鬼子母神，喜爱小孩的女神。”

“人总是崇拜偶像，”他沉默了一会儿说道，“我曾在罗马天主教堂里看过许多这些玩意儿。宗教对我来说似乎普世皆同。”

“我想你说的没错。”我说道。

“佛陀的故事跟基督没什么不同，对吧？”

“某些角度是如此。”我同意。

“只不过他没被钉在十字架上处死。”

我没有回答，并想到这段经文：观三千大千世界，乃至无有如芥子许，非是菩萨舍身命处。我突然觉得这犹如绝对的真理。因为大乘佛教的佛陀既非释迦牟尼，也非如来，而只是人们心中的佛性。我们只不过是永恒的虫蛹：每一个都包含一个潜藏的佛陀，千万皆同。所有人类都是潜在的佛陀，沉溺在几代又几代的色相迷梦中。当我执[①]精神渐渐褪去，释尊的微笑会让世界再次美丽。每一次崇高的牺牲都让人们觉醒的时间提早了一些。谁又会恰巧相信（我想起数世纪以来的无数人们）世上仍有一处地方，人会为了爱与义务而牺牲自己呢？

我发现古董商的手再次搭在了我的肩上。

“总之，”他愉悦地叫道：“它们在大英博物馆会受到应有的尊重，对吧？”

“我希望如此。它们应该受到尊重。”

我接着想象，它们被禁闭在某个埋葬众神的巨大坟场，在如豆汤般的朦胧云雾之中，与被抛弃的埃及或巴比伦众神关在一起，并在伦敦的喧嚣中虚弱地颤抖着，这一切会有什么结果？也许会让另一位阿尔玛——塔德玛[②]绘出另一幅消失的文明；也许会协助创造出

---

① 我执是佛教用语，小乘佛法认为这是痛苦的根源，是轮回的原因。我执可以说是无明的同义语，一般以内容分类，为人我执、法我执；以缘起分类，名分别我执、俱生我执。

② 劳伦斯·阿尔玛——塔德玛爵士（Si r Lawrence Alma-Tadema，1836—1912），英国维多利亚时代画家，作品以华丽手法描绘古代世界闻名。

另一幅佛教英语辞典的插画；也许会如桂冠诗人丁尼生“油腻且卷曲的亚述公牛”（oiled and curled Assyrian bull）一般，启发未来某些桂冠诗人写出惊人之名句。但它们肯定不会白白被隐没。在相对不偏执、自私的时代中，思想家会为它们传授新的威望。每一尊由人类信仰所形塑的幻象仍是永远神圣的真理躯壳，这躯壳甚至拥有鬼魅般的力量。但这些佛像面容的亲切柔和或冷淡静谧，也许会对转变成劣根性的信条感到厌烦，并渴望另一位西方贤者带来灵魂的安宁：无论高低，有德无德，堕落正直，抱持异端邪说，坚守信念真善，一视平等。

烧　津

1

耀眼阳光下的老渔村烧津[①]，有着灰色的独特魅力。它沿着小小海湾，宛如蜥蜴般地与坐落所在的原始海岸的淡灰色融成一体。这座水畔堡垒是以层层阶台的样式建成，几排深深打进地里的桩柱架起类似篮网编织的网子，固定住颗颗卵石；几列个别的桩柱撑起每层平台。从台阶最上层望向陆地，全村尽收眼底。那是一片灰色屋瓦和历经日晒雨淋的灰色木料构成的广阔空间，散落各处的松林则标志出寺院所在。至于另一头的海景，一大片水面上是一幅浩瀚景象。水平线上群聚着层峰交叠的蓝色山峦，宛如巨大的紫水晶，群山之后的左方是壮观高耸的富士山，睥睨万物。防波堤和海面之间

① 烧津市，位于日本静冈县中部。

不见沙滩，只有一道多为卵石的石堆积聚成的灰色斜坡。这些卵石随浪翻滚，要度过狂风暴雨之日拍打上来的浪涛并非易事。如果你曾经困在石浪中，这我就曾遇过几次，那经验绝对难以忘怀。

某些时分，这崎岖不平的斜坡上有一大片会挤满数列造型独特的船只，那是当地渔船独有的造型。这些船相当大，每艘都可容纳四十至五十人，船头更是异常得高耸，上头通常系有佛教或神道教的咒文（御守或守护）。船头常见的神道教咒文正来自富士女神神社，上头的文字为“富士山顶上宣言具大鱼满足”，意即若是能满载鱼获而归，船主发誓会斋戒苦行，以表达对富士山顶那神灵的敬意。

在日本靠海的各省、甚至同省的不同渔村内，渔船和渔具都有独属当地的特殊样式。有时确实会发现，相距不过数里的渔村，彼此各自做成的渔网或渔船，形式差异之大，竟像是相隔数千里的种族所发明。某种程度上，这令人讶异的多样性或许是源于村民对当地传统的崇敬，是对保留祖传数百年教导和习俗的虔诚保守主义的尊敬。

但更好的解释是不同的渔村会有不同的捕鱼方式，各地的渔网或渔船样式，都可能是当地按特殊经验研究过后的发明。烧津当地的大船便说明了这一点。这些大船是根据烧津当地的渔业需求、也就是供应柴鱼至日本帝国各地所设计，因此必须适合在波涛异常汹涌的海面航行。要让大船入水或上岸非常难，不过全村的人会一起帮忙。有一种下水滑道是临时在斜坡铺上一排平坦的木头，然后将底部扁平的船放在木头上，借由长绳索朝上或往下移动。你会看到上百位民众一起拉动一艘船，男女老少同心齐力，唱和着一首奇特的忧郁曲调。台风来临前，村民会将船只从港口移往村内街上。帮忙这种事有许多乐趣，而且如果你是个外地人，渔人或许会拿出海中珍鲜作为辛勤之后的报酬：长度惊人的蟹脚、夸张地胀成气球的河豚，以及各种样貌奇异的海鲜；你还没动手摸看看之前，几乎不会相信这些竟是自然界的生物。

船头贴上咒文的大船还不是海边最奇特的东西，更特别的是竹片编成的饵笼。这些圆钟形的笼子高六尺，直径八尺，顶上还有一个小洞。从远处看，在防波堤上并排晒干的饵笼可能会被误认成是某种住所或小屋。接着你会看到一座巨大的木锚，样子像个犁头，上头还镶有金属；还有四个钩脚的铁锚，打桩用的大木槌，以及各种陌生的器具，你甚至猜想不到它们的用途。这些难以形容的古怪的老东西，会让你感受到奇异的遥远感，像是身处迢遥时空，让人怀疑起眼前所见的真实性。烧津的生活确实也维持着数百年前的样貌。烧津人就像古代日本人，直率一如赤子，勇于认错，对外界一窍不通，而且虔诚尊崇古老传统及神明。

2

烧津正值盂兰盆节的三日祭典那时，我人刚好在当地，因此希望能在第三天、也就是祭典终日，瞧瞧那美丽的送别仪式。日本许多地方都会以小船安置魂魄，让幽魂能乘船上路，这些船多是帆船或渔船的缩小版。每艘小船都装载着供品、清水和焚香；如果这幽魂之船是在夜间出发，还会附上小灯笼或油灯。不过在烧津，只有灯笼单独漂浮在海面上，而且据说灯笼只在天黑之后下水。别处惯例上是在午夜时分送别，不过我推测在烧津亦然，因此我在晚餐过后还偷懒地小睡片刻，希望能准时醒来观赏送别灯笼的景象。但当我夜里十点又来到海边时，祭典早已结束，人潮也已返家。这时我看到海面上犹似一长群萤火虫的东西，那是正漂流出海的灯笼，但它们已经漂远到只能从点点灯色辨认。我很失望，因为自己的贪睡，竟错过或许再难相遇的机会，因为这些古老的盂兰盆节习俗正疾速消逝。但我突然同时想到，我可以冒险游过去跟上那些灯火，因为它们漂得很慢。于是我脱下袍子留在岸边，跳入海中。海面相当平静，而且散发着美丽的磷光。我的手每划动一次，就会扬起一道黄色火光。我游得很快，比我预期的快上许多，就游到了灯笼群的尾巴。但我想若是出手阻挠这些灯笼，或者让它们偏离安稳的航道并非合宜之举；于是心满意足地紧跟着其中一盏，研究起灯笼的细节。

灯笼的结构相当简单。底部是一片十分方正的厚木板，长约十英寸。灯笼的每一角都有一根高约六尺的细条支撑，而这四根竖直的长条则借由四张纸在顶上交会。灯笼中间有一根直立在木板中心的长钉，固定住一根燃火的蜡烛。灯笼上头是开放的，四边则绘上蓝、黄、红、白、黑五色。这五色分别象征空、风、火、水、地，在抽象上亦与五佛一致的五种佛教元素。其中一张纸壁绘上了红色，一张为蓝，另一张为黄，第四张纸壁右半边为黑，左半边则未绘上任何颜色，以代表白色。透光的纸壁没有写任何戒名，灯笼中只有火光闪烁的蜡烛。

我看着那些脆弱的发光体漂过黑夜，它们散落四方，彼此随着风浪起伏越离越远。每盏微微震颤的光点都像是一个惧怕的生命，在载着它们漂向远方黑暗的盲流中摇曳……我们难道不也是一具具漂向更黑更深的汪洋，因为难免的离散，彼此终将渐行渐远的灯笼吗？思想的烛火转瞬就将燃烧殆尽，脆弱的灯笼和曾经美丽的色彩随后就将永远溶进那无色的“空”。

即使在这沉思时分，我却怀疑起自己此时是否真是独自一人，自问身边除了摇晃的闪烁灯火之外，是不是还有什么其他东西：某种纠缠在渐逝火光旁、正看着我的东西。一股寒战瞬间袭来，也许是打从心底升起的哆嗦，也或许只是因灵异念头而起的毛骨悚然。

我想起一则古老的海边迷信，依稀是“亡魂游走时相当危险”的古老警告。我心想，要是我在这夜里因为妨碍亡者之光，或是看似有意妨碍亡者之光而遭逢邪灵，那么我可能会成为未来某个诡异传说的主角……于是我对着烛火默念超度的佛经，赶紧游返岸边。

当我摸到岸上的礁石时，却因为撞见眼前两道白影，吓了一跳，但听到亲切的声音问我海水是否会冷，我便放了心。原来那是我的老房东渔夫乙吉。他刚好和妻子来找我。

“是很舒服的冷，”我披上袍子跟他们一同返家。

“啊，这样啊，”房东之妻说道，“盂兰盆节之夜外出不是好事喔！”

“我没走远，只是想看看灯笼。”

“就算河童有时也会溺水，”乙吉大声说着，“村里以前有个人因为船沉了，他在狂风暴雨里游了七里想游上岸，最后还是溺死了。”

七里大约只比十八英里短一点。我接着问：“现在村里的年轻人有人能游这么远吗？”

“有几个也许可以，”老房东回答。“这村子有很多游泳好手，大家都在这里游，连小孩子也是。不过，渔夫是为了活命才会游这么远。”

“或者谈恋爱时，”房东之妻补充，“就像羽岛娘那样。”

“羽岛娘？”我疑惑地问道。

“某个渔夫的女儿，”乙吉说道，“这女孩曾有个恋人名叫网代，两人相隔七里远；她常在晚上游过去找他，在清晨时游回来。网代每天都会燃火为她指引方向。但在某个暗夜里，他忘了点火，也或许是火把灭了。她在海中失去方向，最后溺水身亡……这个故事在伊豆相当有名。”

“那么，”我自问，“在东方，英雄会游泳是相当可悲的事。在这种情况下，西方人又会怎么评价希腊传说中的利安德[①]？”

3

通常盂兰盆节的时刻，海面都会开始变得汹涌；隔天早上看到风浪变大，我其实不太讶异。这风浪会持续整天。这片波涛在午后显得十分壮丽，我坐在防波堤上观赏这片景象，直到日落。

那浪涛卷得悠长又缓慢，巨大且骇人。有时就在浪碎之前，绿色的长浪会发出宛如玻璃破碎的爆裂声，随后声响洪亮地落下，击

① 利安德（Leander），希腊神话中的人物。传说他与女祭司希罗（Hero）隔海相恋，每晚利安德都会游过海峡与希罗相见，希罗会燃起火把为他指引方向。但在某个暗夜，暴风雨吹熄了火把，利安德因而溺毙。希罗隔天早上在岸边发现他的遗体，遂投水自尽。

打我下方的防波堤……我想起俄国某位已故的大将军，他曾训练一支宛如怒海的军队，那刀剑宛如浪涛，呐喊声也连绵不绝……这时的海边几乎没有风，但某处此刻必定正值狂风暴雨；拍打上来的浪也持续增高。海浪的动作相当迷人，复杂得难以言喻，而且永远有不同样貌！有谁能完整描述这短短五分钟的浪涛吗？没有人会看到完全相同的拍岸海浪。

或许在看过海浪卷起，或听过浪涛震耳声音后，没有人会感受不到当中的庄严、肃穆。我曾注意到，就连马或牛这样的动物，在大海面前也会开始沉思。他们驻足、凝视、聆听，仿佛如此强烈的眼见耳闻，让他们忘记了除此之外的世界。

有一句和海有关的谚语：海有魂也有耳。这句话可以这么解释：如果你在大海面前感到畏惧，切莫泄漏你害怕的情绪；如果你吐漏恐惧，浪涛将会瞬间拔高。这个想象对我来说如今似乎再自然不过。我得承认，无论人在海中还是船上，我都无法完全说服自己相信大海并非生物——大海拥有意识和敌意。目前没有任何理由能否定这个想象。为了能将大海想成只是一池水，我得和它拉开一定的高度，才能将最汹涌的怒涛狂浪看作瘫软的泡沫涟漪。

但在夜里，这原始的想象竟比白日时还高涨。夜里浪上磷光的闷然[1]和闪光，看起来如此生动！那霜冷火光色调的细微变化，看起来多像变色龙！潜进如此的夜海，在蓝黑色的黝暗中睁开双眼，观察追随你每个动作的诡异光流；每一道穿透海流的光点，都像眨阖的眼睛！在如此时分，我们仿佛被某种恐怖的感受包围，漂浮在某种生命物质里，而其中的感受、所见与意志，都和无垠、冰寒、柔软的“灵”相近。

4

我彻夜未眠，听着巨浪拍打上岸的漫天震响。但比这震耳欲聋的声响和怒潮突击而来更显深沉的，却是远方海浪的低音。那像是无止境的呢喃，震得建筑直晃动，又像是无数骑兵的踏步和无数大炮群聚的响声，一支从日升之处疾行而来、大如天地的军队。

我继而发现，自己竟回想起儿时听见海潮声时那种模糊的惊怖感。即使多年后的今天，我在世界各地不同海岸听到的海潮声，依然会唤醒我儿时的情绪。的确，这情绪比我还要老上几千万世纪，那是一种承继自远祖的恐惧总和。但现在我明白了，对于大海的恐

---

① 是指不觉貌；淡漠貌。

惧感，不过意味着涛声唤醒的诸多畏惧的其中之一。因为当我聆听那骏河海岸[①]的怒涛时，几乎能分辨出当中每一种人类所知的恐惧之声：不只是战场上的巨大声响，例如数不清的枪声、无止境的冲锋，还包括野兽的吼叫、火焰燃烧的爆裂声、地震时的轰隆声、建筑倒塌时的巨大声响，以及较之更甚、宛如尖叫及压抑声般的持续喧闹，那正是溺亡者的声音。那是最可怕的吵闹声，结合了所有想象得到的愤怒、毁灭和绝望的回音。

我告诉自己：海潮声会让人严肃，这难道不令人赞叹？所有在更加浩瀚的灵魂经验之海当中泅泳的远古恐惧，都要与浪涛多样的声音和谐唱和。深渊就与深渊响应[②]。可见的深渊呼应着无可见的前人深渊，我们的灵魂便造就自前人生生逝逝的滔滔洪流。因此，古老信仰所言的“大海怒涛即是亡者之言”，这背后必有更深的含意。亡者的恐惧及痛苦，的确借由怒涛唤醒的深沉、模糊的敬畏之心，传达给了我们。

不过，有些声音比海潮声更教人感动，而且是以更奇特的方式。那声音有时也让我们严肃以待，非常严肃。那就是音乐。

伟大的音乐是一场心灵风暴，翻搅着在我们内心难以想象的

① 骏河海岸，位于静冈县，是日本最深的海湾。

② 出自《圣经》中的《诗篇》第42篇第7节，原文是：你的瀑布发声，深渊就与深渊响应。你的波浪洪涛漫过我身。

深处那些过往的谜。音乐或许也可说是一种神奇的魔法，每种不同的乐器及嗓音，都能呼唤出数百万不同的前世记忆。有能召唤出年轻、欢愉及哀怜之魂的声音，也有能召唤出消逝热情的苦痛魅影的曲调，以及召唤所有威严、伟大及辉煌情感幽灵的音符；这些全是消逝的狂喜，已遭遗忘的宽恕。对一个自认自己的生命不过始自百年内的人来说，音乐的影响似乎难以理解。然而，任何人若能发现自我的本质比太阳更为古老，心中过往的谜将迎刃而解。他发现音乐是一种通灵术，他会感受到旋律的每道涟漪，和声的每股浪涛；某些无数古老的苦与乐的漩涡此时便超脱“生死之海”，在他的内心应答，让他悟出道理。

苦与乐，总是在伟大的音乐中结合，因此音乐可比海潮声或任何声音更教人感动。但就音乐更广的表达来看，悲伤总有弦外之音，那正是“灵魂之海”的波浪低语……难以想象人脑在进化出音乐感之前，体验到的苦乐总和有多么庞大。

曾从某处听说，人的生命就是神的音乐——有欢笑、有泪水，有唱颂、有呼唤、有祝祷，也有愉悦及绝望的呐喊；这些绝不会从不死不灭者口中传出，这些自成完美旋律。因此诸神不会要求加快描述苦痛音符的速度，如此会毁掉这首音乐！若没有苦闷音符的组合，上帝之耳只会听见难以忍受的噪音。

既然音乐的狂喜不过是过去无数累世苦与乐透过生生不息的记

忆的总和，我们只有一种方法可以自比为神。所有累世的喜乐与伤悲都以无数形式的旋律及和声，回头纠缠我们。即便如此，百万年后或许人间已不见日光，但我们此生的喜乐与哀伤，将会透过更丰富的音乐，传递至其他人心中，在某个神秘时分，扬起某些刻骨铭心的激情之苦。

在火车站

昨日一封捎自福冈的电报上写着，一个铤而走险的重刑犯在当地被捕，今天会被移至熊本接受审判，而列车将于中午抵达。熊本的警察已前往福冈押解犯人。

四年前，一个壮硕的盗贼在相扑町夜闯空门，威胁并捆绑屋主，同时夺走许多值钱的物品。在警方抽丝剥茧之下，二十四小时内他便束手就擒——他甚至还来不及变卖赃物。但就在押送警局的途中，那盗贼突然挣脱束缚，夺剑杀警后逃逸。直到上周都没有这个盗贼的消息。

后来，一名熊本警探恰巧造访福冈监狱，在众囚犯之间他看见一张脸孔。他依稀记得四年前曾替这张脸拍过照片。

“那人是谁？”他询问守卫。

“是个盗贼。”守卫回答道，“册上登记的名字是草部。”

警探走近那盗贼，说道：“你不是草部。野村贞一，你因为谋杀罪被熊本警方通缉。”最后，那位重刑犯坦承了一切。

我与一大群民众想目睹列车抵达，在站前簇拥着。我原先预期会见识到群众的怒气，甚至担心出现暴动。那名遭杀害的警察甚受村民喜爱，他的亲友肯定也在人群中。熊本人可不是好惹的，我本以为会看见许多值勤警察，但我预期错了。

列车在一如往常的嘈杂及匆忙景象中停下，旅客穿着木屐喀啦喀啦地快速走过；男童叫喊着，贩售日文报纸及熊本柠檬水。人群在栅栏外等了将近五分钟，随后警官推着犯人现身门外。低着头的人犯是个看似狂放的壮汉，双手被捆绑在后。他和警卫伫立门前，群众争相目睹，现场却鸦雀无声。随后，警员喊着：“杉原女士，杉原おさび，在吗？”

“是！”一名站在我身旁、背着男童、个头略小的女性答道，随后在众人催促下往前走。她是死者的遗孀，那背上男童也就是死者的遗腹子了。围观群众在警察挥手下，朝后退了几步，这才腾出一块空地来。在那空间中，遗孀、男童和谋杀犯面对面站着。四周一片死寂。

这时，警察没对着妇人，反而向男童开口。他的声音虽小，却清楚得字字句句皆可闻：“小朋友，这就是四年前杀害你父亲的人。你那时尚未出生，还在妈妈肚子里。你现在之所以没有爸爸疼你，全是因为他的所作所为。看着他（此时警察用手抓着犯人的下巴，凶狠地逼着他抬头面对），小朋友，你好好看着他！别怕，没错，这很痛苦，但这是你的责任。看着他！”

越过母亲的肩，男童瞪大双眼直盯着犯人，似乎十分惊吓，接着开始嚎泣。泪水夺眶而出，但他仍持续乖乖地看着——看着——看着——直视那张畏怯的面容。

众人此时仿佛停止了呼吸。

我看见那犯人的五官开始扭曲；我看见他倏然跪倒在地，尽管脚上仍扣着脚镣。他的脸撞向地面，带着悔恨、痛彻心扉地嘶吼着：“请原谅我！原谅我！小朋友，请原谅我！我不是因为怨恨才杀了你爸爸，而是因为害怕。那时我只想逃跑。我的行为非常非常恶劣，对你犯下了难以言喻的大错！如今我只能以死谢罪。我愿意一死，我乐意一死！小朋友，大发慈悲，饶了我吧！”

那男童依旧隐隐哭泣。警察拎起颤抖着的犯人，哑然失声的众人纷纷往左右挪出了一条通道，让两人经过。接着，十分突然地，围观的群众开始啜泣。当晒得黝黑的警官经过我面前时，我看到了一幅过去从未见过的景象，这画面或许我再也见不着。那是一位日本警察的泪水。

众人散去，独留我沉思着这不可思议的道德场景。这是一场坚定却令人心生怜悯的审判，借由显示犯行后果的悲痛景象，迫使犯人认错。这当中有人犯绝望的自责，只求在死前得到谅解，也有一群民众（他们若是发怒，会是全帝国最危险的一群人）能完全理解、为之动容，且满足于人犯的悔恨与羞耻，并透过对艰困生活及人性弱点的深刻体验，抱持对罪行的深深悲痛之情，而非愤怒。

因为这带有强烈的东方色彩，此事件最值得注意之处，在于悔恨的诉求是源自犯人的父爱之情，即他对孩子的潜在关爱。这也是每位日本人灵魂中十分重要的部分。

另外，有一个关于日本名盗石川五右卫门的故事。五右卫门曾在某次夜闯空门，并企图杀人强盗时，被对他伸手微笑的婴孩吸引，他开始和婴孩玩了起来，彻底忘记了原本的目的。

这并非是叫人难以置信的故事。每年警方记录当中均可见罪犯对孩童的怜悯之情。数月前，本地报纸曾刊载一起强盗杀人的灭门惨剧。有七人在睡梦中遭人杀害肢解，然而警方却发现，有位男童毫发无伤，独自在一片血泊中哭泣。他们发现了一个明显的事实，行凶者当时必然小心翼翼地避免伤害那名男童。

明治二十六年六月七日

街头歌手

一个手执三味线[①]的妇人，带着年约七八岁的男童，来到我家门前唱歌。她身穿农妇装，头上绑着蓝布巾。她相貌丑陋，而她天生的容颜因天花益显不堪。那男童拿着一捆歌本。

邻居开始在我庭前簇拥聚集，他们多是年轻妇人和带着娃娃的保姆，然而也有老翁老妪，这些附近的隐者。人力车夫也拉着车从隔壁街角过来，直到门前再无空间可站。

卖唱妇人坐在我的门阶上，先为三味线调音，随后唱起一小段旋律。她的魅力直入人群，众人彼此相望，惊叹地微笑着。

一道道天籁声线从那丑陋的双唇间涌出，她极具穿透力的甜美嗓音中带有年轻、深沉和难以言喻的感动。“她可是林中仙女？”

---

① 三味线是日本传统弦乐器，起源于中国的三弦。由细长的琴杆和方形的音箱两部分组成。三味线一般用丝做弦，也有的用尼龙材料做成。在演奏时，演奏者需要用象牙、犀牛角、乌龟壳等材料制成的拨子，拨弄琴弦，其声色清幽而纯净，质朴而悠扬。

有个旁观者问道。但她不过是个女子，一个极为杰出的卖唱妇人。她弹奏三味线的手法也许会令一流的艺伎惊讶不已，但却没有任何艺伎能拥有此般美声。她如同寻常农妇那样唱着，她也许是从知了或夜莺那儿习得声律，而音节的高低起伏更是不见于西方的音乐语言。

当她唱起歌时，听者便开始低声啜泣。我无法理解歌词，但在心中能感受到她声音中传达出的日本生活的悲喜，以及当中那哀戚地寻觅未知之物的坚毅。无形的温柔似乎在听众心中累积并震颤着，过往时空那被淡忘的觉知浮现在脑中，鬼魅地与情绪交织，而这感受在任何时空和既有记忆之中皆不存在。

后来我才知道那卖唱妇是盲人。

曲毕，我们哄着她进屋，探问她来历。她过去便歌艺超群，儿时就已习得三味线。而那男童是她的儿子。她丈夫中风，她自己也因罹患天花而失明。然而她十分坚强，还能远行卖唱；孩子若累了，她就会背着他。她之所以还能挑起照顾男童及病夫的生活重担，是因为只要当她开口唱歌，无论何时，众人无不因此掩面而泣，提供她金钱与食物……这就是她的故事。我们给了她些许金钱及食物后，男童就带领她离开了。

我向卖唱妇买了一份歌本，歌中内容与最近两起殉情事件有关：玉代竹次郎的悲歌——作于大阪市南区日本桥四丁目十四番屋敷竹中。这歌本无疑是版印而成，当中有两幅小画。一幅是一对模样悲伤的年轻男女，另一幅则有一片东西看似琴的弦板，上头绘有书桌、昏暗的烛光、摊开的信纸、焚香、插在瓶中的榕树——这种神圣的植物在佛教仪式中是亡灵的供品。上头写着古怪的草书，看起来像是速记而成。我大略译出以下：

在著名的大阪西本町一丁目——嗳，悲戚的故事。

十九岁的玉代爱上了年轻工匠竹次郎。

他们以生命的时光交换誓言——爱上游女的悲哀。

两人的手臂各刺上了“龙”和“竹”字，忘却浮世的烦扰。但他付不起五十五圆为她赎身，竹次郎内心的煎熬！既然此生无缘共结连理，两人发誓同赴黄泉。

向友人交代后事，嗳，两人逝去的悲哀有如露水。玉代喝下杯中水，互相承诺死亡。

嗳，眷侣殉情的纷扰，他们人生的苦痛都已结束。

简言之，这个故事当中没有殊异之处，旋律也不是特别出色。所有令人迷醉的演出皆是来自那卖唱妇人的歌喉。她的声音绕梁三日，不绝于耳，带来的悲喜失落感，奇特得让我无法言喻，只能试着自我解释那些神奇音符的奥妙。

在沉淀之后，我如此思量：所有歌曲、旋律、乐音，都只是某些情感原始，以及利用词语表达喜怒哀乐方式的进化。即使其他语言的语音相当多元，日文的抑扬顿挫也变化多端，也因此，这般深深感动我们的旋律，对日本人来说其实并没有什么；而那些我们无动于衷的旋律，也可能会对那些灵魂迥异于我们的民族带来强烈的情感冲击……不过，我为何会在心中对未曾听闻的东洋吟唱涌出如此深沉的感受？而且是来自这日本盲妇所唱的寻常歌曲？卖唱妇的嗓音带出的某些情感，无疑能引出某种甚过日本人经验总和的感情，某种辽阔一如人生，如同善与恶般远古的感情。二十五年前的某个夏夜，我在伦敦的公园内听到一个女孩向路人道了声晚安。只有这两字：晚安。我不认识、也没见过她，甚至之后就再也没听过她的声音。但即使经过数十寒冬，记忆中那句“晚安”依然让我万般悸动，勾引出了不可思议的愉悦和痛苦——如此的悲喜感触无疑不是源于我，也不存在于我的经验。那属于前世及过去的世界。

这类只听过一次就能感受到魅力的声音，并非今世的产物。它源于被遗忘的无尽前世轮回。这种天籁显然绝无二致，但在所有情感中，有一种与人生无数声响相通的温柔音质。传承而来的记忆，甚至会让初生赤子都对这关怀般的音律似曾相识。同样地，我们对怜悯、悲痛、同情的音调记忆肯定也传承了下来。在这个远东都城，这位盲妇吟唱的歌声或许也会唤醒较我个人感受还强烈的西洋情怀，被伤痛遗忘的沉默伤感，以及无可追忆之世代的细微感触。亡者并未真正消逝，它们在疲累心灵和忙碌思绪架构的幽暗小屋中沉睡，等着在某些时刻被能唤起过去的声音惊醒。

与佛教有关的日本谚语

作为象征几乎未受社会变化影响的道德经验的特质，一个民族的谚语对思想家来说，一向带有心理层面的特殊趣味。在这种民间俗谚上，日本口传及书写文学的丰富程度，甚至需要集结成一册，才能将之收入，无法只用一篇文章就道尽全部层面。不过我可以用几页篇幅介绍某些特定领域的谚语或俗语，这些都与佛教有关，不是间接提到就是衍生而来，形成一种对我来说特别值得研究的类别。因此，在日本友人的协助下，我以简单易懂且脍炙人口为原则，选出如下这些例句。这选集当然不具全面的代表性，但仍能描述某些佛教教义对大众思想及用语的影响。

悪事身に止まる。

——所有做过的恶业都不会离开身体。

无论几世轮回，所有恶业、口业都不会停止报应。

頭剃るより心を剃れ。

——与其剃头，更要修心。

佛家的和尚及尼姑都得将头剃得一干二净。此话是说要修心，克服所有徒劳的悔恨及欲望，而非仅止于宗教礼俗。

会ふは別れのはじめ。

——相见即是别离的开始。

悔恨及欲望在这转瞬一生都是徒劳；因为所有欢愉都是随后痛苦经验的开端。此谚语是从佛经中“生者必灭会者定离”直接引申而来。

萬事は夢。

——萬物如夢。

原文即为“一万种事皆如梦”。

凡夫も悟れば佛なり。

——凡人参透即成佛。

境遇差异，在于有无最高智慧。

烦恼苦恼。

——所有欲望都是困扰。

所有感官欲望只会带来烦恼。

佛法と薬屋の雨出て聴け。

——我们必须走出屋外，在檐下聆听佛法或雨声。

此句暗指僧人应如字面所说“出外接近世人”。这谚语也意指一直住在满是痴愚及欲望的世界，无法习得佛教的至高真理。

佛性縁より起こる。

——即使没有因果业报，佛性自己也会出现。

有善报，也有恶报。无论我们此生享受何种幸福，都源自前世的所作所为，而遭逢不幸亦是如此。所有善念善行都会促成人心的佛性往前迈进。第十句谚语对此含意有更深的描述。

猿猴が月を取らんとする如し。

——宛如猿猴试图捞起河中月影。

此暗指一个据说是佛陀亲自讲述的寓言。几只猴子在树下发现一口井，把井中月影误认为是真正的月亮。于是猴子们决定捞起那明亮的倒影。其中一只用尾巴勾住树枝，垂挂在井上头，第二只则抓住第一只，第三只抓住第二只，第四只则抓着第三只，依此类推，直到这一串猴子几乎就快碰到水面。但树枝无法承受如此重量，应声折断，猴子们便淹死在井中。

縁無き衆生は度しがたし。

——想解救无缘众生确实困难。

没有因果关系可代表完全没有功过。

不浄説法する法師は平茸に生まる。

——传授不净教法的法师应转世为菇菌。

餓鬼は人数。

——就算是饿鬼也可以集结成群。

此句谚语在许多层面都相当常见。普遍用法是指人无论多贫穷困苦，只要汇聚成群，就能集结成一股相当的势力。诙谐用法则是针对那些悲惨或劳累的人们，有时是一群想要示威的弱小男童，有时是一群看似悲惨的士兵。这些最底层的人常会以“饿鬼”称呼一个丑陋或贪婪的人。

餓鬼の目に水见えず。

——饿鬼眼中看不见水。

某些典籍记载，那些特别因饥馑而受苦的饿鬼，乃因前世恶果业报所致，所以无法看见水。这句谚语意指人太过愚钝或残恶，以至于无法体会道德真理。

後生は大事。

——来生才是最重要的事。

普罗大众常会用这有趣的谚语代表“十分重要”。

群盲の大象を撫するが如し。

——宛如瞎子摸象。

这句话意指那些无智无学地批评佛教教义的人。此谚语出自《六度经》中的著名寓言，描述一群盲人想靠触摸，确认大象的身形轮廓。其中一人摸到了象腿，便认为大象跟树一样；另一位摸到了躯干，便认为大象像条大蛇；第三位摸到了侧面，便认为大象犹如一堵墙；第四位抓到了象尾，便认为大象如同绳子。

外面如菩萨，内心如夜叉。

——外表宛如菩萨，但内心却是恶魔。

花は根に还る。

——花朵终将回归根土。

此谚语最常用在与死亡相关的事物上，意指所有形体终将回归到诞生时的虚无，但也可用在与因果循环有关的情境。

響の声に応ずるが如し。

——恰如回音呼应声响。

此意指因果教义。只要记得回音重复的即是原音的声响，那么就能领会此谚语比喻的哲思之美。

人を助けるが出家の役。

——僧人的职责是解救苍生。

火は消えゆれども燈心は消えず。

——灯火虽会消失，但灯芯犹在。

虽然热情会暂时被打败，但内心火种犹在。与此谚语相关的句子是：煩悩の犬は逐うてもまに帰り来ずには居らね。

——虽然赶走了贪婪的狗，但他依旧会不断回来。

佛も元は凡夫。

——即使是佛陀，过去也只是凡人。

佛になるも沙弥を經る。

——就算想成佛，也得先从沙弥做起。

佛の顔も三度。

——只要摸三次佛颜。

这句是“佛の顔も三度撫でれば、腹を立つ”的简称，意指佛颜被摸三次也是会生气的。

佛たのんで地狱へ行く。

——就算念佛，也还是会下地狱。

此谚语跟另一句常见俗语“鬼の念佛”有异曲同工之妙。

佛造って魂入れず。

——造佛，却没放进灵魂。

这句话用在描述那些进行某件事物，却没完成基本工作。同时也有暗指“开眼”仪式的意思。“开眼”是为让新塑的佛像借此显现真正的佛性。

一樹の蔭、一河の流、多少の縁。

——即使经过一次树荫或河流，都是前世因缘而起。

即使是一件小事，例如与另一人在树荫下休息，或者共饮一瓢泉水，都是某些前世因缘所致。

一盲、主盲を引く。

——一人盲，众人盲。

因果な子。

——因果之子。

这是对底层人家中不幸或身残的孩子的普遍说法。这里的“因果”特别带有报应意味。通常意指恶报。“果报”则是用来指涉善因及善果。因此不幸的孩子会被称为“因果な子”；而幸运的孩子则是“果报者”，意即果报之例。

因果は車の輪。

——因果宛如车轮。

对佛教徒来说，因果与车轮并无二致。这句谚语相当于《法句经》中：中心念恶，即言即行，罪苦自追，车轹于辙。

因縁が深い。

——深因缘。

这句谚语普遍用在提及恋人如胶似漆时的情形，或两位关系亲密的人却有不幸结果。

生命は風前のともしび。

——生命宛如风前的烛火。

或者可解释为“宛如暴露在风中的一盏灯”。佛教文学常用的词汇是“死之风”。

一寸の蟲にも五分の魂。

——即使一寸长的虫，都有五分长的灵魂。

从字面上来说，五分相当于日本的半寸。佛教禁止杀生，包括一切有感觉的生物。不过一如“魂”字所暗示，此谚与其说是佛教哲学，不如说反映了民间信仰；也就是任何生物，无论多渺小，都有接受慈悲的权利。

鰯の頭も信心から。

——借由信念的力量，即使是鰯鱼头都有救人或治疗的能力。

鰯鱼是体型极小的鱼类，相当于沙丁鱼大小。这句话暗指，只要祷者抱持完全的信念及纯洁的意志，敬拜的对象其实并不重要。

自业自得。

——个人前世造业，种下今世之果。

“自业”意指人自身的所为及所想；“自得”在佛教用语中则有自受之意，几乎都指厄运。“嗯，这是自业自得。”人们会在看见即将入狱的受刑犯时如此说，“他现在尝到犯错后的苦果了。”

地狱てほとけ。

——宛如在地狱遇见菩萨。

意指在厄运时遇见好友的喜悦之情。

地狱极楽は心にあり。

——人的心中都有天堂与地狱。

这句谚语完全符合高等的佛教教义。

地狱も住家。

——地狱也是住家。

意指那些即使被迫身处地狱的人，也要学习如何随遇而安，试着创造出最适合生存的环境。

地狱にも知る人。

——就算在地狱，也欢迎故知。

影の形に随ふが如し。

——如影随形。

意指因果教义。可参照《法句经》第二十二章。

金は阿弥陀より光る。

——金钱的光芒更胜阿弥陀佛。

阿弥陀为佛教之无量光佛。寺院中的佛像通常会从头到脚镀上金身。此外还有其他有关金钱权力的类似诙谐语，例如：地狱の沙汰も金次第。——有钱判生，没钱判死。

借る时の地蔵顔、済す时の閻魔顔。

——借钱时是地藏王，还钱时是阎罗王。

阎魔即是中国及日本的阎罗王，地狱的掌管及审判者。

聞いて极楽、见て地獄。

——听时天堂，见时地狱。

谣言不可信。

好事門を出でず、悪事千里を走る。

——好事不出门，坏事传千里。

心の駒に手綱ゆするな。

——绝对不要放开驾驭心中野性的缰绳。

心の鬼が身を責める。

——肉身只会为心魔所苦。

“心”可用“情”替换。这句话意指我们只会被自己造的业所害。佛教地狱中虐待亡者的厉鬼会告诉受虐者：“别怪我！我只是应你过去的恶业及口业而生。这是你自己造的业！”

心の師とはなれ、心を師とはせざれ。

——你要当自己心的导师，别让心成为你的导师。

この世は仮の宿。

——此生只是暂宿之地。

“宿”意指住所、庇护所、旅馆，而这个字通常用于日本旅人暂时歇脚的路旁休息小屋。“仮”则有暂时、一瞬、转眼之意，正如佛教一般说法：この世、仮の世。——这个世界转瞬即逝。即使有天堂与地狱，对佛教而言，不过只是迈向涅槃的中途站罢了。

氷を鏤め、水に描く。

——把冰镶进去，画在水上。

意指只为了短暂利益却做出自私行为，是一种徒劳。

ころころと、鳴くは山田の、ほととぎす、父にてやあらん、母にてやあらん。

——在稻田中啼叫的鸟，名为“不如归”。他也许是我父亲，他也许是我母亲。

这段歌谣摘自佛经《往生要集》，注解如下：谁知荒野山林里的鸟兽，不可能是自己某一世的父母？不如归是一种杜鹃鸟。

子は三界の首枷。

——孩子是三世枷锁。

这句话是说，双亲对子女的爱，可能会阻碍自己心灵发展，不只在此生，也延伸至来世，就像枷锁让人动弹不得。亲情是世俗情感中最强烈的一种，因此特别容易出现在因为希望造福子女，而做出错误恶行的父母身上。“三界”意指欲界、色界及无色界，是达成涅槃前的所有境涯。但三界有时也指过去、现在与未来。

口は禍の門。

——祸从口出。

这句话是说，产生麻烦的主因都是管不住嘴。

果报は寝て待て。

——如果你祈求好运，只要坐着等待，便会喜从天降。

“果报”是佛教词汇，指因前世善行而得的善报，后来泛指任何好运。这句谚语用法通常类似英谚所说的“守着茶壶，水就不会滚”。在严谨的佛教教义中，这句话则指的是：勿过度渴望善报。

蒔かぬ种は生えぬ。

——要怎么收获，先怎么栽。

除非播下种子，否则不会有收成。没有辛苦耕耘，就不会获得成果。

待てば甘露の日和。

——只要等待，甜美的日子就会来临。

甘露意指来自天上的甜美露水。所有好事都会降临在静心等待的人身上。

冥土の道に王は無し。

——死亡路上无王者。

冥土在日文有“地狱”之意，所有亡者都得走上这段冥界之旅，无一例外。

盲蛇に怖じず。

——盲人不怕蛇。

无知与不德者，因为无法体悟因果之道，便不怕自身恶行招致的后业。

盈つれば缺ける。

——月圆即转缺。

月圆便是月缺的开始。所以人生的最高峰，也象征走下坡的开端。

門前の小僧习わぬ经を読む。

——寺前的小僧不停重复吟诵着他从未习过之经文。

小僧可意指“沙弥”“店员”“童仆”“徒弟”等，但在此指的是佛寺门前或靠近佛寺的店童。因为常听到寺里诵念的经文，便背了起来。与此相关的谚语为：勧学院の雀は蒙求を囀る。——劝学院（古时学校）里的麻雀啼着蒙求——过去教授学童之用的中国读物。这句谚语的教义还可以用第三句完美表达出来：习うよりは慣れろ。——与其学习一种技艺，不如成为习惯。意即“持续不断接触它”。观察与练习比钻研更有效果。

無常の風は时を選ばず。

——无常之风不择时。

死亡与变化不会永远配合人的期待。

猫も仏性あり。

——即使猫咪也有佛性。

虽然传说当中，唯有猫和蝮蛇未因佛陀之死而泣。

寝た間が极楽。

——入眠就是一种极乐。

只有在睡眠时，我们才得以暂停感受此世悲苦。

二十五菩薩もそれぞれの役。

——就算二十五菩萨也都有各自使命及任务。

人见ての法話け。

——先与人相处，再传授教义。

传授佛法教义都应先配合人的智慧再进行。还有另外一种类似谚语：機根に応じて法を説け。——因材施教。

人身受け難し、仏法遭ひ難し。

——投生为人和遇见佛法，都非易事。

通俗佛教认为生在人界、特别是信奉佛教的国度中，是个极大的恩典。尽管生而为人实属悲苦，但至少仍能得知神圣的真理；落在其他较低阶的生命在灵性上就无法有所增长。

鬼も十八。

——魔鬼都在第十八层地狱。

许多有趣的俗谚都与佛家的鬼有关，例如：

鬼の眼にもすら涙。鬼之眼中有泪。

鬼の霍乱。意指身强体壮的人却意外生病。

这种鬼通常存在于佛家地狱，在那儿负责拷问，担任狱吏。它们不会跟魔、夜叉、鬼神或其他种类的恶灵混淆。在佛教艺术中，他们会以具有蛮力的牛头及马脸模样呈现，称为“牛头”及“马面”。

鬼も见惯れたるがよし。

——当你习惯鬼的存在后，也许会想和他交好。

鬼に金棒。

——鬼之铁棒。

意指强大的力量应该要与强者相称。

鬼の女房に鬼神。

——鬼娶鬼神为妻。

意指臭味相投，邪男与恶女通常会相互厮守。

女の毛には大象も繋がる。

——用女人的长发可以拴住一头大象。

女は三界に家無し。

——女人在三界无家可归。

親の因果が子に報ふ。

——父母的因果会加诸孩子身上。

此句意指父母残障或丑陋的孩子。但现在通俗的解释不全然与高等佛教教义有关。

落花枝に还らず。

——花落离枝难收回。

此谚语意指覆水难收。过去的行为无法复原。这句话是佛经经文的精简版，原文是：破镜不重照，落华难上枝。

楽は苦の种、苦は楽の种。

——乐为苦之种，苦为乐之种。

六道は眼の前。

——六道近在眼前。

你的来生掌握在此世的所作所为；因此你可以自己选择来世出生之地。

三界无安。

——三界里没有平静之处。

三界の垣無し、六道はほとり無し。

——三界无边，六道无邻。

三界（即欲界、色界和无色界）及六道（即天道、人间道、修罗道、畜生道、饿鬼道、地狱道）包括所有众生。其上只有涅槃。“无边”“无邻”意指没有逃脱的界线，这些状态之间也没有中道可走。我们只能根据因果，轮回至其中一道。

懺悔には三年の罪も滅ぶ。

——一次忏悔可以抵销三年业罪。

三人寄れば苦界。

——三人聚集就是苦界。

苦界通常用来形容娼妓的生活。

三人寄れば文珠の智慧。

——三人聚集就有文珠智慧。

文珠即文殊。文殊菩萨在日本佛教代表智慧之神。此谚语意指三个臭皮匠胜过一个诸葛亮。类似的谚语包括：膝とも談和。——讨论时要谦卑。这句话是说，无论忠言的来源多粗鄙，都不该轻视。

釈迦に说法。

——向释迦牟尼说道。

沙弥から長老。

——要成为长老，得先从沙弥开始。

死んだればこそ生きたれ。

——唯有死亡才是生命的开始。

每每听见这句话，我都会回想起赫胥黎[①]那篇著名论文《论生命的物质基础》（*On the Physical Basis of Life*）当中的一句话：生物的原生质并不是只会永远处在死亡状态，分解成矿物质及无机物而已；它会持续衰亡，而且这听起来十分矛盾，它要到真正死亡那刻，才能重生。

83.知らぬが仏、见ぬが极楽。

——不知为佛，不见为极乐。

84.正法に奇特無し。

——正法无奇迹。

在不可改变的永恒法则下无一例外。

---

① 赫胥黎（Aldous Huxley，1894—1963），英国作家，著有《美丽新世界》（*Brave New World*）。

小智慧は菩提のさまたげ。

——小聪明是菩提之道上的绊脚石。

“菩提”是指无上开悟，从佛身上获得的知识；但日本佛教常取菩提的无上祝福之意，或是成佛的情境。

生死の苦界ほとり無し。

——生死的苦海无涯。

袖の振り合わせも他生の縁。

——即使合身的袖长也都因前世缘分而起。

寸善尺魔。

——善为一寸，恶有一尺。

“魔”是一种会吸引人为恶的特殊邪灵之名。但在日本民间传说中的魔，则有部分类似于西方流传迷信中的妖精和仙子。

楽みは悲みのもと。

——所有欢愉都是悲伤之源。

飛んて火に入る夏の蟲。

——扑向火焰的夏虫。

此谚语特指耽溺于肉体欢愉后的结果。

土仏の水遊び。

——泥菩萨过江。

孩童通常会以泥捏小菩萨为乐，但如果放在水中，这些菩萨就会消失，变成一团泥巴。

月に叢雲、花に風。

——如云之于月，风之于花。

月亮之美因云团遮蔽而朦胧；花一绽放就会被风吹散，飘向四方。意指所有美丽均稍纵即逝。

露のいのち。

——人生一如朝露。

憂さは心にあり。

——忧欢只存于心中。

瓜の蔓に茄はならぬ。

——茄子不会长在瓜藤上。

嘘も方便。

——即使是谎言也是一种手段。

意指为了达到改变信仰的目的而采用说谎的手段。这一点《法华经》第三卷的著名寓言[①]特别能证明。

我が家の佛尊し。

——我的祖先都是伟大的佛陀。

意指人们在家中神坛最敬畏的是佛，被视为佛的亡灵。这里的佛有两种正反之意，可以单纯象征亡灵，或者佛尊。也许借由另一句谚语的精神可更清楚表达：逃げた魚に小さいのは無く、死んだ子に悪い子は無い。——脱逃的鱼没有小只的，死去的孩子没有作恶的。

雪の果は涅槃。

——雪的结束就是涅槃。

这个有趣的谚语是在我的选集中唯一有“涅槃”二字的佛语，

---

① 此指《妙法莲华经》卷三譬喻品中“三车火宅”的故事。

而且也正是因为如此而收录。一般大众很少会说到涅槃，而且也不太明了与涅槃有关的高深教义。据我推测，上述谚语可能不是流行的说法，比较像是为了描述地平线上覆盖着一层雪的地景而使用的艺术性及诗意参考。这么一来，除了雪之外，只剩下一片荒芜虚空。

善には善の報い、悪には悪の報い。

——善有善报，恶有恶报。

第一眼看见这句谚语时，可能不会觉得老生常谈；因为它特指佛教认为每件发生在人此生的善事，都是前世所做的善行而来；而每一件烦心的事，都是前世所做不公不义的反射。

前世の約束ごと。

——前世注定。

这是一句是相当普遍的谚语，常用在不幸的别离、突然的厄运、意外遭逢死亡等境遇。尤其是情侣殉情。这种自杀方式常被认为是因为前世的残忍行为，或是曾违背夫妻互许终身的誓言所导致。

蚕

1

我被日文中的“蛾眉”一词搞糊涂了，这词是从中文俗谚“皓齿蛾眉，命曰伐性之斧”[①]而来，于是我问了养蚕的友人新美，这句话该如何解释。

“难道你没见过蚕蛾？”他解释道，“蚕蛾的眉毛相当美丽。”

“眉毛？”我惊讶地问。

“好吧，随便你怎么说，”新美答道，“诗人是这么称呼没错……等等，我给你看样东西。”

他离开客房，再回来时手中拿着一把白色纸扇，上头有一只犹如熟睡般歇息的蚕蛾。

---

① 语出西汉辞赋家枚乘所著的《七发》，比喻美貌会对身心有所戕害。

“我们总会留几只用来育种，”他说，“这只刚破蛹而出，当然还不会飞。蚕蛾都不会飞……你看看它的眉毛。”

我看着他，望着它极短的触角，宛如羽毛，在犹如点缀着宝石的双眼及天鹅绒般的头上呈现弧形，的确很像一双美丽的眉毛。

新美接着带我去看他所养的蚕。

新美的住处旁种了许多桑树，许多民家都会养蚕，大多是由女性及孩童照料及喂食。蚕生活在以细木架高三尺左右的方形大托盘中。看见数百条毛毛虫在托盘中一起进食的景象，同时听见它们吃着桑叶时发出的轻微声响，感觉相当奇妙。蚕随着时间渐趋成熟，更需要近乎全心的照料。每隔一小段时间，养蚕师父就得逐一巡视托盘，拿起最丰满的那只，以拇指和食指轻抚，判断哪一只正准备结茧。他们会被移至盖住的箱中，以便吐丝成蛹。其中只有几只能安然蜕变成蛾，也就是挑选过的种蛾。蚕蛾有美丽的翅膀，但无法飞舞。它们有嘴，但无法吃食。它们只能交配、产卵，而后死去。这个物种数千年来一直被人类妥善照料，因而无法独立生活。

当新美和他弟弟细心解释这个产业的培育方法时，缭绕在我心头的，却是这个进化论的一课。他们告诉我有关不同品种的蚕，和无法被豢养的野生蚕的有趣知识——蚕是为了化蛾振翅，才吐出那亮丽的丝。我怕自己表现得不像是对这话题有兴趣，因此我一边聆听，一边沉思。

2

首先，我发现自己正思考着法朗士①他那美好的幻想。法朗士认为，如果他是造物主，他会把人的年少时期放在生命末了，而非开端，并且让人类经历三阶段的成长，有点类似蛾的变态模式。这种想象在本质上几乎等同于一种最古老教理的精致变体，常见于宗教中所有的高等形式。

西方信仰特别教导世人，人在生时正如贪婪又无助的幼虫阶段，而死亡则宛如化作蚕蛹，人应当飞向那道永恒的光亮。这些信仰告诉我们，人在肉身感官尚存之时，应将躯体视为不过是某种蠕虫，接着成蛹；这些信仰认为，人在寿终之际能否破蛹展翅，端视我们此生在世的为人。这些信仰也说，人无须自寻烦恼，担心破茧无法蜕变成美丽的飞蛾——缺乏可见的实证并不代表什么，因为人的眼界不过是如同蠕虫般的蒙瞍。我们的眼界只进化了一半。毕竟我们的视网膜不是有其视觉限制，看不见可见光谱以上及以下的颜色吗？

但受到如此完美赐福的人类，会怎么演化呢？从进化论的观点来看，这个问题相当有趣；蚕被豢养不过数千年，我可从他们的历

① 法朗士（Anatole France，1844—1924），法国作家，一九二一年诺贝尔文学奖得主。

史中找到明显的答案。这么说吧，想想我们若受众神庇佑数百万年后会有什么结果。我指的是那些许愿者若是事事皆能心想事成，最终会有什么后果。

那些蚕拥有它们所有的所需，甚至更多。它们要的虽然简单，却也是人类生存的基本要素——食物、居所、温暖、安全及抚慰。我们无止境的社会困顿主要便来自缺乏这些需求。世人最大的梦想，就是希望无须付出痛苦代价即可得到生活所需；而这些蚕儿的状况，正是我们想象中的乐土的小小体现。（我并未顾及大多数的蚕儿注定要受苦且再度死去的事实；因为我谈的是乐土，而非消逝的灵魂。我说的是那些被选出的蚕，那些注定要得到救赎和重生的蚕。）也许它们的感官非常迟钝，肯定不擅长向天祷告。但如果它们能祈求些什么，肯定不会再多过从那位喂蚕小哥得来的喂食照料。小哥就是它们的神——即便它们只能用最模糊的感官察觉他的存在，但这已足以让他成为它们所需的神。你我痴愚地以为自己够幸运，能依照我们复杂的需求，得到相等的回报。我们的祷念不就是期望你我的欲望能得到类似的关注吗？世人声称“神圣之爱的必要”，不就等于不由自主地坦言，你我希望能像那些蚕儿一样，借由神助，安然地过日子吗？但上苍若是真的满足我们的心愿，我们现在就能提出新的证明，证明伟大的进化法则远胜于众神——也就是所谓的“退化”。

退化的早期阶段，显现出来便是我们无法自理，接着我们会开始失去高阶感官的能力，之后大脑会萎缩得如同针头，人身仅剩垂软皮囊，成了一只盲目的胃袋。这就是我们慵懒地渴求那神圣之爱的后果。渴求能在永恒的安详中得到永续的极乐，或许只是死神及恶神的诡计。唯有从困顿和苦痛中，才能生出能感觉、思考的生命，唯有和宇宙业力永无止境地对抗，才能生出这般结果，而且一直如此。而万物运行的法则不容妥协。不论何种感官一旦不识痛觉，只要机能不再忍受痛觉刺激，它就不复存在。就让痛苦到此为止，而且生命必须回归虚无，首先要进入原生质的不定形状态，而后化为尘土。

佛教以其宏伟的方式，形成了进化的理论；它理性地宣告西方极乐不过是经过苦痛后发展出的较高境界，并且教导世人即使在极乐世界，只要不再精进，便会开始堕落。同样地，佛教也认为，在超人世界里所受的苦痛，总会随享乐而增加（从科学观点来说，这种教诲有点小错误，因为我们知道，更高阶的进化必然伴随有更多的痛苦）。而在《正法念处经》中，在欲界里死亡的苦痛，甚至强烈到各层地狱之苦的总和不过是其十六分之一。

上述的比较并非必然强烈，但佛教所说的天堂在本质上却极富逻辑。在任何可想象的知觉存在状态中，苦痛的压抑，无论是肉体还是精神层面，必然都包含愉悦的压抑；而且肯定的是，所有无论是精神或物质上的进步，都仰赖面对及处理苦痛的能力。因此，蚕的极乐世界正如同俗世本能让人有了欲望，六翼天使撒拉弗虽无须受劳动所苦，而且能恣意满足每个内心欲望，最后他却会失去翅膀，退化至幼虫阶段……

3

我把自己这番空想的内容告诉了新美。他读过许多佛书。

“这个嘛，”他说道，“你刚刚要我解释的那句‘皓齿蛾眉，命曰伐性之斧’，让我想起一则奇特的佛教故事。根据佛教教义，这句话在人间若是真理，那么在天上也应如是……”这故事是这样的：

当释迦牟尼还未得道升天时，众弟子当中有一人名曰难陀，正受一名女子的美貌所惑；释迦牟尼希望能助他摆脱这幻觉之苦。于是，释迦牟尼带着难陀来到一处满是猿猴的深山中，让他见过一只异常丑陋的母猴，并问他：

“难陀，你觉得何者较美？是那位你深爱的女子，还是这只母猴？”

“喔，师父！”难陀大叫，“美丽女子与丑陋母猴怎能相提并论？”

“也许你不久后就会自己找到两相比较的理由。”释迦牟尼如此答道。

在非凡神力的借助下，释迦牟尼与难陀很快地就登上了三十三天，也就是欲界六天的第二天①。此处有一座宝石宫殿，难陀在宫中看见无数天女正以舞乐欢庆某个节日，任何凡间女子都无法比拟天女的容貌之美。

“喔，师父，”难陀大叫，“这是什么节日？”

“问问她们吧，”释迦牟尼如此答道。

难陀于是向前询问其中一位天女。而她如此说道：

“这是为了庆祝我们方才收到的喜讯。目前释迦牟尼在凡间的诸多弟子中，有位超凡的青年名曰难陀，此人很快就会因其虔诚善行转升天界，成为众天女的郎君。我们正欣然期盼他的到来。”

这个回答让难陀内心大为喜乐。释迦牟尼随后便问他：“难陀，在众天女当中，是否有任何一位，与你那深爱的女子同等美丽？”

“才没有呢，师父！”难陀答道，“正如她的美貌胜过山上所见的母猴，就算这些天女当中最差的一个，自然也远胜过她。”

释迦牟尼于是立刻带着难陀，直坠地狱深渊，并领他前往拷问

① 欲界六天的第二天为“三十三天”，又称“忉利天”，因为有三十三个天国而得此名。

室，那里的大锅中已有众多男女正受熬煮之苦，不然就是被恶鬼严刑折磨。难陀发现自己正站在一只装着熔化金属的大锅前，他脸上显露出既害怕又疑惑的表情，因为这桶子里目前还没有人。眼前只有一只厉鬼正打着呵欠，呆坐一旁。

“师父，”难陀向释迦牟尼问道，“这大锅是为谁准备的？”

“问问那厉鬼吧。”释迦牟尼回答。

难陀于是遵从指示，向前询问厉鬼。厉鬼告诉他：某男子名为难陀，目前是释迦牟尼的弟子，此人原本以其善心积德，得以重生于天界，但却放任自己沉迷美色欲念，因此将转生此地狱。这桶子正是为他准备的，我正在等他前来。

旅行日记

1

一八九五年四月十五日，在大阪——京都的火车上

在车厢座席上，日本女性若是昏昏欲睡却又无法躺下时，会撩起长袖子掩住脸，接着才开始打盹。二等车厢内，有三名女子正睡成一排，面容都被左边衣袖遮住，随着列车一同摇晃，就像轻轻飘荡的莲花（这种以左衣袖遮脸的方法若非偶然，便是本能。很有可能是后者，因为右手能抓住吊带或坐垫，以防强烈摇晃）。这番景象优美而有趣，尤其是优美，堪称日本女子优雅举止的典型范例；她们总会尽可能以最细致、最不彰显自己的方式散发光彩。但这种姿势也相当可怜，有时像是在厌烦地祈祷着。而这一切，都是因为她们被训练成有责任只能对外展现最愉快的面容。

这让我回想起某次经验。

一名在我家中服侍多年的男性，让我觉得他似乎永远心情愉快。他在交谈时永远带着笑容，工作时总看似欣喜，就像对生活中所有麻烦大小事都不知情。但就在某天，我无意间看到他独自沉思的样子，他松懈时的表情令我大吃一惊。那不是我熟悉的脸。那脸上布满痛苦和愤怒的深刻纹路，让他几乎老了二十岁。为了示意我的存在，我轻咳了几声。那面容竟然立刻明亮、柔和了起来，有如返老还童般的神迹。神迹，确实如此，这就是永无止境的无我自制力。

2

四月十六日，京都

这客栈掀开房门前的木制百叶窗，晨光立刻洒上房内的障子[①]，上面映着小桃树在这金幕下的完美光影。没有任何凡人画家，即使是日本人，能画得出这般剪影！黄色光芒与深蓝阴影的对比，这绝妙的影像随着障子外看不见的庭树远近殊异，呈现着色调浓淡差

① 障子（しょうじ）是日式房屋用来隔间用的拉窗、拉门、隔扇，会在其上糊上一层和纸。

异。这让我思考着，日本家庭采光用纸的艺术可能会有的影响。

日本家舍在夜里会关上障子，使得外观看起来就像一盏大型纸灯笼，一盏在内部出现阴影变化，而非变化在外的神奇灯笼。到了白天，障子上就只见从外面投射而来的阴影。每天随着旭日东升，光线越过一片小巧花园的变化，那景象堪称绝伦。

古老希腊神话中的艺术起源，是人类本能地企图捕捉那投射在墙上的爱人阴影。这么解释并不奇怪。也许，所有艺术感官就像所有超自然的感官，正单纯起源自对阴影的研究。障子上的阴影相当值得作为日本绘画技术之所以进步的论述；它超越所有的艺术类型，同时却也难以说明。当然，和纸比任何毛玻璃都适合投映影子，和纸的纸质及阴影的特性也需纳入考量。举例来说，西方植物的轮廓几乎不若日本庭园林木那般雅致，这是因为日本庭园林木经过百年岁月洗练，美好一如自然。

我希望自己障子的纸张能像照相底板，抓住第一道旭日投射时的印象。然而我已憾于这印象的扭曲和失真，因为那美丽的轮廓已开始随时间行进，缓缓地拉长。

3

四月十六日，京都

在日本所有独特的美丽事物中，最美的莫过于前往高地参拜或歇憩的路途，条条踏上无境的道路，道道迈入无物的阶梯。

确实，它迷人的殊胜之处出自偶然，是人为的建筑杰作与大自然最美好光线、色彩的结合。这魅力会在雨天消逝，但仍因反复无常而更显美妙。

在那阶梯的尽头，也许是一条约莫半英里长的铺石坡道，坡道旁种有两排大树。每隔一段固定间距，便有石兽沿路守护。随后是一大段穿过蓊郁林木的阶梯，通往被大量老树遮蔽的露台，而露台又在树影中沿着石阶连接其他露台。当你不断登踏台阶，直到穿过一座灰朴鸟居，那终点就落在眼前：一座空无一物、不见色彩的木造小神社——神宫。那虚无感霎时将我震慑，就在既绵长又庄严的参道之后，就在静谧又隐蔽的高处，它相当幽微。

许多类似的佛家经验也在等待那些有意一探究竟的人。比方说，我也许会建议游客去探访京都东大谷的寺域[①]。宏伟的东大谷

---

① 指大谷祖庙，是位于京都市东山区的寺院，属真宗大谷派，通称东大谷，亦是净土真宗的祖师亲鸾之墓。

山道通往寺院境内，寺院内的阶梯足足有五十尺宽，厚重、满布苔藓，上头饰有宏伟的栏杆，最后通往一座有围墙的露台。这景象会让人想起类似《十日谈》时期某些美丽的意大利花园。可是当你逐渐走近露台，只会发现一道开启的关口——通往墓园！

佛寺的造景者是否想告诫世人，无论所有壮丽、气魄及美善，最终皆通向这般死寂呢？

4

四月十至二十日，京都

我花了几乎整整三天参观内国劝业博览会[①]，而这三天却只够我认识该展览的大致特色及意义。会中展品内容以工业为主，但看来仍令人愉悦，因为各项产品均可见不可思议的艺术应用其中。尽管如此，那些比我更敏锐的观察家和外国采购商，却认为那当中有不祥的弦外之音，也就是东方形成了对西方贸易和工业最恐怖的威胁。“与英国相比”，《伦敦时报》记者写道，“这些都不过是九

① 明治政府曾于一八七七至一九〇三年（明治十至三十六年）间，举办过五场内国劝业博览会，以彰显明治维新后快速发展的国力。

牛一毛……就连工业革命的发源地兰开夏郡，都比韩国、中国还早被日本侵略。这已然是一场和平的占领，实际上也是一场成功、却无痛的蚕食过程……内国劝业博览会是日本工业进一步扩张的证明……一个每周工资为三先令外加其他生活费的国家，必然会消灭开销较之多上四倍的竞争者，其他方面亦然。这工业的‘柔术’必会造成预料之外的结果。”

此外，这场博览会的入场费也值得一提。只要五钱！但可想而知，就算金额如此低廉，也能聚沙成塔，这正是因参观者为数众多。每天都有大量农民涌入城中，大部分是徒步来此朝圣。这趟旅程对许多人来说确实是场朝圣，因为当时也是真宗大本山的落成典礼。

在我看来，会中美术展区却比一八九一年的东京美术展览会来得差。现场当然有些不错的展品，但为数不多。也许这个国家热切追求的目标已经转向，改将所有精力和资质都朝向有利可图之处；因为那些结合艺术和工业的区域——如制陶、瓷器、镶嵌、刺绣等工艺，并无更精致贵重的作品可呈现。

我的日本友人受到会中某些展品的高价启发，他观察后仔细琢磨道：“中国若是采纳西洋工业的方法，便能在世界市场中痛击日本。”

“或许廉价的产品可以，”我答道，“可是日本没有理由需要完全仰赖产品的便宜性。我认为日本更该掌握固有的艺术优势及优秀品位。一个民族的艺术天分或许有其特殊价值可抗衡，因为所有仰赖廉价劳力的竞争都是徒劳。在西方国家中，法国即为一例。它之所以富有，并不是因为比邻国更能压低价格。他们的产品是世界珍宝，他们擅长奢华和美丽，商品能贩售至所有文明国家，全因为那些都是法国人最优质的产品。日本何不成为远东的法国呢？”艺术展品中最弱的部分非油画莫属，欧式油画。日本人有充分理由以自己独有的艺术手法创作油画。以客观角度来看，日本追求西方技法的结果，在需要实际处理的画作上，表现得十分平庸无奇。依照西方艺术标准，要画出理想油画仍非日本人能力所及。或许他们自己还未打开那扇通向美的大门，以适应这个包含特定民族天分的既有手法，例如油画。然而，日本目前仍未见如此改变的迹象。

展中有一幅油画，呈现出一个全裸女子在一面大镜子前凝视自己，模样十分令人不悦。尽管该画是日本艺术家的创作，日本媒体却要求撤下这幅画，并发表了不该奉承西方艺术思维的评论。这幅画纵使相当拙劣，却大胆地开价三千圆。

为了观察群众的反应，我在此画前驻足许久。赏画者绝大多数是农民，他们边看着画边嘲笑，说着轻佻的话语，然后转而观赏其他更值得注意的画作——虽然那些画作只开价十到五十圆不等。众人的评论主要都围绕在外国品位的定位（画中女子梳着一头欧洲人的发型），似乎无人认为这幅是日本画作。这画中若是个日本女子，我怀疑民众是否还会如此宽容。

对这幅画的所有嘲笑都是合理的。它没有丝毫可取之处，只不过描绘了一个裸女正做着没有任何女性希望被他人看见的事。画中裸女的画工虽精细，但若艺术纯为理想主义，这幅画根本很难以艺术称之。这幅画的现实之处即是它的冒犯。也许理想中的赤裸是神圣的——那人类想象所及最具神性的超人。

然而这裸女画一点都不神圣。美好的裸露不须腰带，因为迷人的线条美感不容遮蔽和破坏。真实的人体无法呈现出完美的几何状态。至此，问题便在于：在能去除人物真实及个人痕迹的前提之下，艺术家是否有正当理由为了裸体而画出裸体?

有一句佛家谚语明确地说道，能摆脱自我喜好去观看事物的人便是贤者。真正的日本艺术正因如此的佛家观点而伟大。

5

于是我萌生了这些想法：神圣的裸体、饱含抽象之美的裸体，能让观者体验到既惊又喜的震撼同时却又感到哀伤。少有艺术作品能达到如此境界，因为至臻完美者罕矣。不过，雕工细致的大理石像和珠宝工艺却有这种能耐，就像艺术爱好会推出的版画。这些作品越看越有趣，因为当中的所有线条，或是部分线段，无不更甚过往。所以长久以来，这些艺术品的奥秘都被认为是超自然的，而事实上，其传递的美感更胜于人类——是超出现实生活意义的超人类——也超乎人类感官的超自然。这又带来什么冲击呢？

那就像在奇妙而宛如初恋经验后，继之而来的心理冲击。柏拉图将美的冲击解释成就像灵魂忽然半回想起那神思世界。那些在此看见另一处的景象或任何类似画面的人，都会受到犹如雷电般的冲击，继而出神。叔本华解释道，初恋的冲击就如同人类灵魂的意志。而今日，英国思想家史宾塞（Herbert Spencer）的正向心理学则认为，最强大的人类情感，它的首次出现会早于人类所有经验。这些古今思想——玄学、科学都看法一致，个人对人类之美的第一道深刻情感是普世皆然。

相对的事实难道无法保有那崇高艺术给予的震撼吗？人类的理想想必表现在能唤起铭刻在观者情感和生活的所有体悟中，同时表现在无数先人留下的艺术品上。

美的情感一如我们所有的情感，确实是难以计数的过去、难以想象的无数经验的遗产。在各种审美观中的情感，都是多如恒河沙数的幽秘记忆，掩埋在脑中不可思议的土壤下，不断翻搅。每个人的内心都带着一种美的理想，是我们曾经见过，由外观、色彩、风姿等已经消亡的感知结合的无限复合体。这种美的理想潜伏着，本质上虽无法以想象唤醒，但能借由某些外在感官的潜能点亮。紧接着，伴随生命、时间潮汐所带来的急促逆流，感受到一股奇怪、悲伤却又美好的悸动。随之而来的，则是含括数百万年及无数世代感官累积的一瞬情感。

只有一种文明、希腊文明的艺术，能展现出奇迹，在自身灵魂中彻底摆脱民族性的审美观，让玉石雕刻技术更显强大。他们让裸体变得神圣，迫使我们像他们那样感受，感受艺术品的神圣。希腊人能到达这等境界，也许就如美国哲学家爱默生的推测：希腊人拥有所有完美的感官，但这不是因为他们有如雕像般美丽。没有任何男女能如此完美。可以确定的是，希腊人将无数已逝光彩的记忆，清楚地定着在石雕的眼睛和眼睑、喉咙及脸颊、嘴巴与下巴、躯干至四肢上。

希腊的大理石雕像即是没有绝对个体的证明——肉体是细胞的合成物，一如灵魂组成了心智。

6

四月二十一日，京都

最近，全日本帝国宗教建筑中最崇高的典范甫落成。京都这座寺院之都，如今更因这两座建筑更显富裕，也许千年内都难被超越。一座是帝国政府的赠礼，另一座则是一般庶民对京都的馈赠。

给帝国政府的是大极殿，这是为了纪念日本第五十一代天皇，及圣都（京都）的开城者桓武而建①。该殿中供奉桓武天皇的英灵，是座神社，而且在所有神社中地位最高。然而它未以神社形式建成，而是仿造桓武天皇宫殿。唯有知悉日本仍受祖先支配的人，才理解这跳脱传统神社形式的伟大建筑对国家情感有何影响，以及启发这影响的情感所含的深刻诗意。大极殿建筑本体更为美丽，即使在这古老的京城，大极殿也熠熠生辉；它用有棱有角的屋顶斜线，向上苍诉说关于另一个时空的奇妙故事。大极殿最古怪且引人注目之处，在于有五座塔的双层城门——有人会说，这是名副其实的中国梦。而在其用色组成上也不比外形逊色，尤其是那绿色古瓦，精巧地覆盖在光影变化万千的屋顶上。桓武天皇的英灵或许会对这建筑的巫术唤起的思古幽情十足欣喜！

但百姓献给京都的赠礼可说更为壮丽，那就是宏伟的东本愿寺（真宗）。西方读者也许能借简介从中认识一二，例如它费时七年、耗资八百万元建造。任何熟知日本佛寺建筑的人都能立刻指

① 此即为京都市内的平安神宫，于一八九五年三月十五日，为迁都平安京一千一百年纪念所建，外观仿当时的大极殿。除了祭祀桓武天皇外，也另祀一八六九年东京奠都前的最后一任天皇，孝明天皇。

出，要建造一座一百二十七英尺高、一百九十二英尺宽、及二十七英尺长的佛寺何其困难。它罕见的外形，加上屋顶的大量曲线，使得东本愿寺看起来比实际巨大许多，仿佛耸立的山岳。无论在哪个国家，它都会被视为一座绝妙的建筑。其梁木有四十二英尺长、四英尺厚；木柱直径宽达九英尺宽。寺内正面护摩坛后方那屏风上的莲绘等装潢费用甚至可达万元。而且这些绝妙的作品皆来自勤苦农民的捐赠。他们将铜器换为金钱捐出。谁说佛家已死!

当时有超过十万名农民前来参观落成典礼。无数人坐在大广场的席子上。我看他们一直等着，直到下午三点。广场简直是人山人海。不过，落成仪式到傍晚七点才开始；大家没有用餐，在烈日下一直等着。我在转角某处看见一群约有二十人的女孩，她们一身白衣，戴着少见的白帽。于是我询问她们的来历。一个路人答道：因为大家得在这等上好几个时辰，怕有人会耐不住。所以这群专业的护士在此待命，好照料身体不适的人，同时还备有担架与搬运人士，现在也有许多医生在此。

我敬佩他们的耐心与信念。这些农民或许深爱着这座雄伟的寺院，因为不论直接或间接，东本愿寺都是众人奉献而成。筑起这栋寺院的动力，大多源于敬爱之情；那巨大的横梁是从远方山巅一路拖运至京都，用的正是以信徒妻女的人发制成的缆绳。其中有一条缆绳正保存在寺院中，长度足足超过三百六十英尺，直径将近三英寸。

对我而言，这两座国家宗教情感下的雄伟纪念物，象征着未来将会因为那宗教情感的伦理力量、价值，伴随国家的繁盛而朝前迈进。在佛家观念中，一时贫困的真正含意是暂时丧志。但富贵已经开始。某些佛家的外在形式必将消逝；某些神道教的迷信也终将衰亡。然而那重要的认知与真理，会增强并随之扩张，深植日本人心中，为了即将到来且更为艰难的生活试炼，准备万全。

7

四月二十三日，神户

我参观过兵库县某座近海庭园内所举办的鱼类水产博览会。这庭园名为和乐园，意喻和平喜乐，而外观就像昔日的景观花园，而且名副其实。

沿着外围，你会看见一座大湾、船上的渔人、在日光下闪耀的白色风帆。而在这些景色之外的远端，有一排紫云缭绕的美丽山峦，遮蔽着地平线。

我在博览会中看到许多色彩缤纷、外形有趣的鱼儿悠游在一片清澈海水中。我进入水族馆，馆内有各种奇形怪状的鱼儿在玻璃缸内徜徉——有的像风筝、有的如刀剑、有的倒栽葱；还有鱼儿颜色如蝴蝶羽翅，它挥动犹如衣袖的鱼鳍，宛如舞伎。

我看着各种船只、渔网、渔钩、渔笼，以及夜钓专用的灯火等模型。我看着各种捕鱼法的图片、猎鲸情景的模型及图片。其中有一幅十分骇人。一只鲸鱼困在大网里，露出垂死的痛苦表情，船只在血红泡沫的混沌中跳动，有一名裸身男子正在鲸鱼巨大的背上，手持大鱼叉刺向鲸鱼，伴随着如喷泉般的血柱……这时在我身旁，一对父母正对着男童解释这幅画。母亲说道："鲸鱼临死前会向上天祈求协助，同时诵念'南无阿弥陀佛'！"

我随后前往另一处庭园。那里有驯鹿、关在不同笼子里的金熊与孔雀，以及猩猩。大家拿饼状的食物喂食驯鹿和熊，哄着孔雀开屏，而且恶作剧地捉弄猩猩。我坐在鸟笼边的阳台上休息时，方才看着捕鲸图片的家庭也走了过来。我听见那位男童说道："父亲，那艘船上有位很老、很老的渔夫。他怎么不去龙宫找浦岛太郎呢？"

那父亲答道："浦岛太郎抓到但放生的乌龟并不是真的乌龟，而是龙王的女儿。所以，他因为善良，得到龙王赐婚。可是这老渔夫没抓到乌龟，而且就算他抓到了，他也老到早过了结婚的年纪，所以他没办法去龙宫。"

那男童接着看向花丛，望向喷泉，看向白浪拍击的绚烂海面，以及海面另一头的紫色山脉，然后大叫：“父亲，那你觉得世界上还有比这更美的景色吗？”

父亲愉快地笑着，看似准备回答。但在他开口前，男童开心地又叫又跳拍着手，因为这时孔雀突然开了屏。

他们很快地往鸟笼走去，所以我没听见那个好问题的答案。但后来，我想答案可能会是这样：“孩子啊，这景色的确十分美丽。可是这世上四处皆是美景。很可能还有比此处更美的庭园。”

不过，最迷人的花园不在这个世界，而是在极乐西方世界的阿弥陀佛庭园。那里有天上尊鸟孔雀，仿佛日轮般开屏，吟唱着七步五力①的经文。

那里有一池玉泉，水面上开着朵朵无名莲花。花中散发虹光，新生诸佛随之诞生。

对着莲花上的灵魂，它们的无垠记忆、无限幻想及喜怒哀乐，泉水细细低语。

在极乐世界中，神人无异；众神折腰于阿弥陀佛的荣光前，颂唱《无量寿光佛》。

但天河之音如千人齐唱般永无停歇，诵念着：此非现实，此非平和！

---

① 据说释迦牟尼诞生时，曾向四方各走七步，并说“天上天下，唯我独尊”。五力则代表能断除一切烦恼的五种力量。

她宛如狼般精瘦，而且相当苍老——她是一头夜里在我们门前看守的白狗。打从街坊邻居那些年轻人年纪还小时，她就和他们玩在一起。住进这栋房子那天，我发现此处正是由她看管。听说即使房客来来去去，她都守着这地方；个中原因，显然是因为她就出生在后院的木棚内。无论房客待她是好或坏，她都尽忠职守地看顾着此处。她从不担心食物或酬劳，因为街上大多数人家每天都会提供她温饱。

她温驯又安静——至少在白天不吵；虽然她瘦得可怕，耳朵又尖，眼神看起来也有点令人不舒服，但大家还是喜欢她。孩子们会骑在她背上，随意捉弄她；即便她以能吓跑陌生人闻名，她也不会对孩子们咆哮。她极富耐心的善良个性，换来的便是邻里间的友善对待。每当捕狗队半年进行一次例行巡察时，邻居们会保护她。有一次，就在她快被处决的紧要关头，铁匠的妻子赶忙跑去救了他，顺利地从警察率领的扑杀下保住了狗儿的性命。

“说出她主人的名字，”警察说道，“那她就能留下活口。这是谁的狗？”

这个问题很难回答。这狗儿是大家的，但也不是大家的——邻里都接纳她，但她不属于任何人。

“那她住在哪儿？”这问题更加复杂。

“她住在，”铁匠之妻答道，“一个洋人家里。”

“那么把这只狗放在那外国人名下。”警察建议。

于是，我的名字就被人以日文画在了她的背上。但邻居们不认为光凭一个名字就足以保证她的安全，瘤寺的僧人因此便在狗身左侧，用美丽的汉字写上寺名，铁匠把铺名写在她的右身，而菜贩也在她的胸前写上“八百”二字，也就是“八百屋”（菜铺）的习惯简称，这八百是喻意店内商品繁多，超过八百多样。结果这只狗现在的外貌相当怪趣，但也得到了身上文字妥善的保护。

我对她只有一点不满：她会在晚上嚎叫。嚎叫是她生活里少数几样可怜的娱乐之一。起初我试图恐吓她，让她改掉这个习惯，但却发现她不接受；于是，我只好让她继续，况且打她又太过残忍。

但我还是很讨厌她这样叫。那总会给我一种说不上来的不安感受，宛如噩梦带来惊慌之前的不安。这嚎叫声让我害怕，难以形容、迷信地害怕。你也许会觉得我可笑，但倘若你听过那叫声，就不会这么想了。她的叫法不像一般街上野狗那样，而是属于更原始的北方品种，她更像狼，仍保有独特的野性特征。

而且，她的嚎叫声同样特别。那声音比任何欧洲的狗叫声都更显诡异；我想那是远古时代的叫声。那可能象征着她一族原初的叫声，即使经过数百年的驯化，依旧没有改变。一开始是闷哼声，就像做噩梦时的呻吟，随后音量渐次拉高成一阵长长的哀号，宛如狂风呼啸，而后逐渐颤抖地消失成窃笑，但随之又再次哀嚎，而且比之前更加高亢、狂野，却又突然转变成一股骇人的笑声，最后再以宛如婴儿啼哭般的啜泣作结。这段演出的恐怖之处，主要——但非全部——是在那犹似妖精的嘲笑声调与恸哭般的哀嚎相互呼应，这种不和谐感会让你联想到疯狂。我想象这生物灵魂中那相呼应的不和谐感。我知道她爱我，而且她会毫不犹豫地为了我牺牲自己那微不足道的性命。如果我死了，她肯定会万分悲痛。但她的举动不像其他狗儿那般，例如一只会竖起耳朵的狗儿。她的本性太过原始，因此做不出那种行为。如果她在荒野中与我的尸骨孤独相伴，她应该会先狂野地为我致哀，但结束后便会用最简单的方法，抹去她的伤痛，也就是用她那副如狼般的利齿啃噬我的尸骸。随后，她会怀着纯净的心灵，坐对月光，吐露她承继自远祖的哀痛呐喊。

那叫声让我内心在充满特别诡异的恐怖感之余，也充满古怪的好奇，因为嚎叫声中的某些特定重音总出现在某个同样的段落；那必然代表着动物说话的特别形式。那整段叫声宛如歌曲，一首充满非人类情感及想法、因而无法从人类角度想象的歌曲。但其他狗儿懂得这叫声正诉说些什么，而且夜里会在数里之外跟着应答，那距离有时远到你得拉长耳朵才能听到模糊的回响。叫声中的话语（如果我能以“话语”称之）不多，但根据当中传达出的情感判断，其中必然含有许多意义。也许那代表着千万年前的那些事，与气味、呼吸，还有迟钝的人类感官无法理解的感应和交流有关的那些事。那同时也代表冲动，一种在狗儿魂灵中受月光翻搅的无名冲动。

如果我们能理解狗儿的感觉——狗儿的情感及想法，我们可能会在这个生物的个性和它的嚎叫声所唤起的奇特不安感的特质当中，发现某些奇特的相应之处。不过，既然狗儿的感官跟人类的截然不同，我们便永远无法理解。我们只能以最模糊的方式，推测内心不安所代表的意义。长嚎声当中某些最奇怪的音调，竟诡异地有如人声中表达痛苦和惊惧的音调。同样地，我们也有理由相信，那哭嚎声在人类想象中便涉及了某些远古时期特别的恐惧印象。值得注意的是，包括日本在内，几乎所有国家都认为狗哭嚎是因为它们察觉到了人类看不见的恐怖事物，尤其是鬼神；而这个放诸四海皆准的迷信认为，在狗哭嚎而引发的不安感中，其中一个元素便是对超自然的恐惧。我们如今已不再自觉地畏惧不可见的事物，因为我们知道人也是超自然的；即使是有血有肉的人类及他一生的感知，也都比昔日任何想象中的幽魂更显鬼魅。但某些源自原始恐惧的朦胧感受依然蛰伏在你我内心；它有时会苏醒，像是呼应夜间哭嚎声的回音。

人类肉眼看不见的东西，无论是什么，狗儿的感官有时都能察觉得到，而且那些可能不像我们认知中的鬼魂。狗儿惊惧哀嚎的神秘肇因，十之八九都不是因为他看见了什么。解剖学上没有论点假设狗儿拥有独特的通灵之眼，但狗的感官能力在嗅觉上确实远胜于人类。世人长久以来普遍认为狗儿拥有超凡的知觉，这个想法乃建立在事实之上；然而，狗的超凡知觉并不在视觉上。如果狗嚎真的是因为见鬼而害怕——世人过去就曾如此认为——那意思也许是说“我闻到它们了！”，而不是“我看见它们了！”。这世上没有证据可佐证大众对狗能看见任何人类看不见的形体的奇想。

然而，身旁这只白狗在夜里的哀嚎逼得我不禁好奇，她是否在精神上看见了某种确实可怖的事物，某种我们避免让它进入道德意识、但却徒劳无功的事物，那就是残酷的生命法则。不仅如此，在我听来，她的嚎叫有好几次几乎不只是狗叫而已，那叫声甚至就是那生命法则本身的声音，是诗人难以理解地以爱、慈悲与神圣称之的自然语汇！在某些不可知的终极面向中，也许可以神圣称之，但那绝非慈悲，更无法称之为爱。万物全靠互食互噬才存在！这个世界看在诗人眼中也许美丽，还带着爱、希望、记忆与愿望；然而，生命是借不断的残杀才得到喂养，没有什么堪比这个事实更加美丽。最温柔的情感、最崇高的热情，还有最纯真的理想，也都得靠食肉饮血才能得到滋养。所有生命为了维生，都得吞噬另一个生命。如果你高兴，你可以幻想自己是神，但你必须遵守那法则。如果你愿意，吃素吧，然而你依然得吃下有感情及欲望的生物。如果你不吃有生命的食物，那么就无法消化。你甚至连喝水都会吞下生物。尽管我们憎恨这个名称，但我们就是食肉动物。万物在本质上都是生物链中的共同体，而且无论我们吃的是植物、虫鱼鸟兽，甚至食人，最终都一样。所有的生命终将走向同一个终点：无论是土葬或火葬，万物都会被大地吞噬，而且既非一次两次，也非数百、数千或数万万次！想想我们行走其上的土地，我们诞生之处；想想从大地中生长而出，却又变成人类盘中餐的数百万消逝生物！人不断吃着我们同族同种的尘骸——你我过往自身的本质。

但甚至所谓的无机物也会自我毁灭。物质会掠夺物质。就像在一滴水里，一个单细胞生物会吞食另一个单细胞生物，浩瀚太空中的星球也会相互吞噬。星星将生命带进天体，也毁灭天体，行星也会吸纳自己的卫星。所有一切都是永无止境，而且周而复始的贪婪掠夺。无论是谁在思考这些问题，对他们来说，一个由父爱般的力量所创造及掌管的神圣宇宙，听来都比相信亡魂会被众神吞噬的波利尼西亚传说更难教人信服。

这个法则看来或许残酷骇人，因为人类发展出了与险恶的本性背道而驰的想法与情感，就像人自主的动作是在对抗地心引力不可见的威力。然而，拥有这样的想法和情感却加重了人类处境的残酷，丝毫没有减小最终问题的黑暗面。

无论如何，东方信仰在解决这个问题上更胜西方信仰。对佛教徒来说，宇宙称不上神圣，反而完全相反。它是由因果报应组成，是罪过的思想和行为的产物；它也不由上苍治理；宇宙即是恐怖，是梦魇，亦是幻象。这宇宙看似为真，就像对做梦的人来说，噩梦形貌和苦痛都那么逼真，是同样的道理。人生在世就像睡眠的状态，但我们不会完全熟睡。我们身处的黑暗当中仍可见些许微光，那就是爱、怜悯、同情及宽容的朦胧曙光。这些情感既无私又真诚，既永恒又神圣；这些即是四种无限情感，所有的形体与幻象在其余晖当中都将消散无形，好似晨光中的迷雾。但直到被这些情感唤醒之前，我们的确就像被阴影般的恐惧所折磨的做梦者，在黑暗中无助地呜噎。所有人都在梦中，没有人完全清醒；而且许多传递世间智慧的人所知的真理，甚至不若我那会在夜里嚎叫的狗。

如果我的狗会说话，我想她可能会提问没有任何哲人回答得出的疑惑。因为我相信她正苦于生的痛苦。当然了，我不是指这个谜团对她和对我们有同样的意义，也不是说她能借由像我们这样的智性思考，获得任何抽象的结论。对她而言，外在世界就是一连串的味道。她借由气味去思考、比较、记忆和推理。她靠气味做出评判，所有的判断都建立在气味上。嗅闻千种人类根本无法察觉的味道，她得用我们毫无头绪的方式去理解。无论她知道什么，都是透过一种我们全然无法想象的心识运作学得。但我们或许可以颇为确定，她是借由某些与气味相关的捕食经验，或害怕遭捕食的直觉来思考大多数的事情。

对于我们踩踏的这片土地，她知晓的讯息绝对多过我们的所知。如果她会说话，她可能会诉说关于空气和水最奇特的故事。无论她这般通透的感官能力是恩赐或是折磨，她对明显现实的认知，肯定远不及对于隐而未见的。如果她会对着照亮如此世界的月亮嚎叫，我也不觉得太奇怪！

但在佛教的境地中，她比我们许多人还来得清醒。她有一种粗野的道德法则——忠诚、服从、温驯、感恩及母爱，还有其他众多次要的品行举止，而她总是奉行这简单的戒律。从僧人的角度来看，她的心识处在黑暗的状态，因为她无法学习所有人类应当学习的事物，但由于她的良善，她做了许多足以让她在来生得到善报的功德，认识她的人都这么认为。当她离世时，大家会为她办一场简朴的葬礼，诵经超度。瘤寺的僧人会在寺院某处为她安一座小墓，在坟上放上一座写着“如是畜生发菩提心”的小卒塔婆[①]。

① 卒塔婆是插在墓碑后方，写上经文的木板。

暗　示

我有幸能在他前往印度途中于东京短暂停留之际和他碰面。我们一起散步许久，聊着他比我更了解的东方宗教。无论我向他提及什么地方信仰，他都会以最叫人讶异的方式做出评论，列举那和印度、缅甸和锡兰等地仍存在的仪式之间的奇特联结。接着他突然话锋一转，谈起出乎意料的话题。

他说，“我一直在思考男女相对比例的恒久性，也好奇佛教教义是否曾对此做出解释。因为对我来说，在因果的普遍状态下，人再生于世似乎必然有一套固定的轮回过程。”

“你是指男人可能转世为女人，而女人也可能变成男人？”我问。

“没错。因为欲望是创造出来的，而异性的欲望也朝向彼此。”

“那么有多少男人想转世为女人？”

“大概很少，”他回答。“但‘欲望是创造出来的’这个教义并不是暗指个人渴望创造出其自身的满足感，事实上完全相反。真正的教义是，每一个利己的愿望结果均带有惩罚性质，而愿望的产物必将验证——至少从更高等的知识来看——愿望的愚蠢。”

“你说得对，但我还不理解你的论点。”

“好，”他继续说道，“如果人转世的肉身条件全取决于与肉身相关的意志因果，那么性别就会取决于与性别有关的意志。既然两性的意志都朝向彼此，除了生命之外，所有东西都是男渴望女，女也渴望男。更何况，每个独立于任何个人关系的人，都会不断感受到某些内在女性或男性理想的作用，也就是你所说的‘在无数前世中无数情爱执着阴魂不散的反映’。而这种理想呈现出的那贪得无厌的欲望本身，便足以生成来世的男身或女体。”

“但大多数的女人，”我评论道，“都想转世为男人；而且这愿望的达成几乎不带惩罚性质。”

“怎么没有？”他反驳道，“来世的快乐与否不会只取决于性别，当然还会取决于诸多相牵连的情境。”

“你的论点很有趣，但我不知道这和公认的教义的一致性能到达何种程度……还有透过高等教义的认知及实行，一个人能维持超越所有性别的弱点？”

“这样的人，”他回答，“会转世为既非男人也非女人——假使前世因果的业力不够强大到能阻止或减弱自我征服的结果。”

“借由转世重生到其中一处天堂？”我质问。

“不必然如此，”他说道，“这样的人可能会转生到欲界，就像这个，但并非只有男女之分。”

“那么，转世成什么形态？”

“成为完美的人，”他回答。“男人或女人比半人好不到哪儿去。因为以我们目前不完美的状态，两性只能借由牺牲对方才能成长。每个男人的身心组成当中，都有一个未发展的女人；而在女人的身心里，也有一个未发展的男人。但一个完整的人会同时是完美的男及女，拥有两性的最高能力，而且不具双方的弱点。在其他世界中，某些比我们更高等的人类，也许就是如此进化而来。”

“但你知道，”我说，“例如《法华经》的经文，还有毗奈耶[①]里都禁止……”

“那些经文，”他打断我的话，“指的是不完美的人——比男人和女人都还不如，他们不能代表我假设的状况……但请记得，我不是在传教，只是大胆提出论点。”

“那么，之后我可以将你的论点写下来公之于世吗？”我问。

“当然好，要是你认为这值得思考的话。”

于是，许久之后，我尽可能凭借印象，如实写下了这段讨论。

---

① 毗奈耶（梵语：Vinaya），为佛教戒律之意，主要是佛教团体生活规范，具有强制力，违反者可依情节处罚，最重者逐出僧门。

焚　香

1

我看到瓶中一株莲花，自黑暗中嫣然而出。瓶身虽难以辨识，但我知道那是铜质的，把手则雕有数条龙身。唯独莲花闪闪发亮，纯白无瑕的三朵白花，和五片或金或绿的莲叶，叶面是金色，蜷曲的叶下则为绿色——人造莲花。它们浸浴在一道斜阳下，遥遥后方的一片黑则是寺院私室的幽暗。我没有看见阳光穿透照进的空隙，但我知道那是一扇以寺钟轮廓为形状的小窗。

我之所以看见那株莲花——这是我首度参拜佛寺的记忆之一——是因为一抹焚香气味扑鼻而来。通常，我一闻到焚香，便可确认眼前所见，接着我初抵日本时的其他感官，也会伴随几近恼人的剧烈感受，立刻被接连唤醒。

焚香的香气几乎无所不在。这也是构成那朦胧、复杂，而且难忘的远东气味的要素之一。焚香气味不只出现在寺庙，更盘踞在民宅里，不只在皇居，也包括农家。然而，神社不在其范围内——远古大神厌恶焚香之气。但佛陀所在之处，四周皆为香气。供有佛坛或佛桌的各家户，均会在特定时间燃起焚香；甚至在最原始的僻静乡间，都可在看见路边的不动明王、地藏菩萨及观音石像之前，就先隐约闻到焚香气味。我许多的旅行经验——那陌生的听觉与视觉印象，都与记忆中的那抹香气有关：通往诡异上古神社的暗谧大道，通往云端破庙、长着青苔的层层古梯，夜祭的愉悦喧闹，出殡队伍的灯笼微光，远方荒凉海岸渔家中的低声祝祷，以及只见一缕青烟升起的荒芜小墓，或是善心人士在鸟兽宠物墓前祷念《阿弥陀经》时的景象。

不过，我提到的香气只是廉价焚香，也就是一般使用的焚香。焚香还有许多其他种类，质量差异之大也相当惊人。一捆寻常的线香（大约和铅笔芯一般细，但略长）只需几钱[①]便可购得，但若是质量较好的线香，虽然看在门外汉眼里只会觉得颜色有些差异，但一捆却可能要价好几元，但可议价。而真正堪称精品的高价焚香，会做成菱形、圆片和锥状，一小包可值四到五英镑。不过，日本焚香的市场及产业相关问题，却是这个十分引人好奇的题材中最无趣的部分。

① 江户时代货币名称，指一枚钱币，约等于千分之一贯。

2

焚香确实引人好奇，但也因其无边无际的传统及细节而显得庞杂。我光想到需要含括的范围就害怕……以日本最早期的知识及运用芳香药材概论开始，应是适合入门的第一步。接着可论及自朝鲜传入的佛教焚香的记录及传说——当时百济国的圣王于公元五五一年送给这个岛国一套佛经、一幅佛陀画像，并送了全套家具给一座寺庙。接着是十世纪的延喜及天历时期制订的焚香类别，以及在十三世纪下半叶访问中国、镰仓时代的公卿德大寺公孝的报告，并以用明天皇流传下来的中国焚香智慧接续。接着可谈到仍保存在各种日式庙堂的古焚香，以及著名的"兰奢待"沉香残片（明治十年曾在奈良公开展示），织田信长、丰臣秀吉及德川家康三位大名曾取其段闻香。再来则可大略介绍日本的混香历史——当中会提到焚香分类源自征夷大将军足利尊氏，而足利义政稍后则将建立铭香制度。他曾收集一百三十种焚香，其中有些珍贵名称更是沿用至今，例如：樱之雪、富士烟、法华。像是留存在几个皇族间的焚香传统例子，及那些数百年来世代相传、并以其尊贵的发明者命名的焚香配方样本，也应该提及，例如：日野大纳言法、仙洞院法等。这当中也该包括某些奇特的配方，如模仿莲花香、夏日微风的气味，及秋风的味道。某些高级焚香的时代传说也该被引用，例如陶尾张守的故事。此人为自己盖了一座全以香木建成的宫殿，并在叛乱当晚放火烧光，其焚烧飘散的香气远至十二里外都可闻到。当然，珍贵的混香典籍史料会承继许多文章、专著、书籍的研究，尤其是像《薰集类抄》[①]这类奇作，当中并包含“香道十派”的学说、最佳制香季节的指示，焚香用火差异的说明（一种称为“文火”，另一种则为“武火”），以及将炉内香灰压出呼应季节及场合的图形的规则等等。其中会有一部分特别介绍挂在屋内驱魔的药玉，以及挂在身上避邪护身的香包。接着可探讨焚香的宗教用途及传说，这本身就是一个极大的主题。同时，也必须论及香会的奇特历史；要解释当中细节繁复的仪式，除了借助大量图表之外，别无他法。若要论及历史悠久的制香原料进口，至少需要一章；这些原料来自印度、中国、安南、暹罗、高棉、锡兰、苏门答腊、爪哇、婆罗洲及马来群岛等地，在有关焚香的罕见珍本中都会出现这些地名。最后则可探讨焚香的文学作品，提及焚香仪式的诗句、小说、剧作；特别是那些将肉体比为焚香，将激情比做噬身烈火的情歌爱曲：

> 焚香即使灼燃，也要将芬芳让渡给袍衣，
>
> 受渴望之火吞噬殆尽的，正是我闷烧的生命！

---

① 《薰集类抄》是日本最古老的香物配方秘籍，于二条天皇时代由藤原兼范所编选。

这个主题光是一点小皮毛就够惊人了！我应该试着将重点放在焚香的宗教、娱乐及避邪的层面上就好。

3

四处可见、穷人会在佛像前燃起的寻常焚香称为“安息香”，价格十分低廉。香客会在名寺堂门前的铜香炉内大量焚烧这种香，路旁石像前也常可看到一把。这些香束是供虔敬的过路客敬拜之用，他们每经过一尊佛像，便会停下脚步，简单颂祷经文；如果允许，便会在佛像脚边插炷香。不过在有点门面的寺庙及进行重要的宗教仪式时，则会使用较高价位的焚香。佛教仪典使用的香氛共分三种等级：香或各式焚香（“香”字指的仅为芳香物质）；涂香，散发香气的膏状物，以及抹香，一种香粉。香用烧的；涂香则涂在僧者手上，用以净化；抹香则洒在寺院内。这个抹香据说就是佛经中常提及的檀香粉。但抹香可说是唯一与宗教仪式有重要关联的真正薰香。

根据《僧史略》所述：香为信心之始……经中长者请佛。宿夜登楼。手秉香炉。以达信心。明日食时。佛即来至。故知香为信心之使也。

这段文字清楚指出了焚香是一种供品，象征虔诚的敬拜之心。但焚香也象征其他事物，出现在佛教经典许多重要譬喻中。其中有些出现在经文里，在一定程度上也相当有趣，例如以下《法事赞》[①]经文，便是很好的例子：

愿我身净如香炉　愿我心如智慧火

念念焚烧戒定香　供养十方三世佛

佛教布道时，有时会将善行消去业障，比喻成纯火燃捻的焚香，有时则会将人生比喻成焚香的烟雾。真宗僧人明传在《百通切纸》中，曾引用佛经《九十个条》：

焚香时，只要香仍在，燃烧便能持续，烟也就持续缭绕而上。肉身的吐息——地、水、风、火的暂时组成——正如焚烟。而当火焰烧尽，焚香变成冷灰，也象征人的肉体化为灰烬，一如葬礼时熊熊烧尽的柴堆。

明传也告诉世人那每位信徒应当在人间焚香的香气中想到的

① 《法事赞》，唐代善导所撰，多为净土宗法事之用。

焚香极乐。他说道，在第三十二的妙相合愿中写着：皆以无量无杂宝百千种香而共合成，严饰奇妙超诸人天，其香普薰十方世界，菩萨闻者皆修佛行矣。古时候曾有上根上智之人，因其愿而能闻香；但我们这些下根下智之人，便无法闻香。然而我们仍然能在佛前嗅闻线香，想象通往极乐的香气，并怀抱感谢佛陀赐福的心情，复诵《南无妙法莲华经》。

4

不过，焚香在日本并不仅限于宗教仪式和祭典用途：高级焚香的确主要是为了社交娱乐之用。焚香自十三世纪以来便是贵族的消遣活动。也许你们曾听过日本茶道，以及当中饶富兴味的佛教历史；我也猜想，每位收藏日本古董的外国人都知道某个时期的仪式有多隆重；从过去仪式中所用的器皿质量之精，便可清楚看出其豪奢程度。香道曾比茶道更加高雅且所费不赀（现在依然如此），但也更加有趣。明治时代之前的仕女，除了音乐、刺绣、和歌及其他古老的女子教育之外，还要习得三样特别的雅道——花道、茶道及香道。香会早在足利幕府时期便已形成，而且在德川幕府时期最为风行。但随着幕府式微，香道也不再流行，不过最近又有复苏迹象。然而，这并不意味香道会以古早的样貌再度变成风潮——部分是因为香道代表了无法复兴的社会教养的高贵形式，另一部分则是因为香道的费用高不可攀，非世俗之民能及。

我在英文中将香会译为香社，我用“社”（party）一字意指它就像卡社、桥牌社、棋社一般的社群，因为香会只是玩游戏时的聚会，一种非常奇特的竞赛。焚香比赛有好几种，但所有竞赛都需要依赖仅靠其香气，就能记住各种不同焚香的能力。有一种游戏称为“十炷香”，一般公认是最有趣的比赛，我试着教你们怎么玩。

数字“十”在此不是指十种，而是十包焚香。以十炷香这游戏来说，它不仅最有趣，也最简单，而且只需四种焚香。其中一种必须由受邀而来的宾客提供，其他三种则由东道主准备。后三者通常会分别以一百锭香片装袋备用，并分成四袋，每一组会分别用纸标上数字或记号，以辨别质量。接着按类别分成第一种四袋，第二种四袋，第三种四袋，总共十二袋。但宾客提供的那种焚香称为“客香”，不会分成四袋，只会包起来，并用汉字写上“客”。据此，一开始总共有十三袋焚香；但其中三袋只是试玩用的样本，又称“试香”，之后才会接续下去。

假设这是一场六人比赛（但实际没有人数限制），这六人依序排成直线，如果空间窄小则排成半圆，但彼此保持间距，原因稍后就会提到。接着主人或被指定为“香炷者”，会拿起第一种焚香当中的一组，在香炉中点燃[①]，并将香炉传给第一位宾客，呼告：这是第一种焚香。根据香会的礼仪，宾客收到香炉后要先闻香，再传给邻座，邻座者闻香后再传给第三位，依序进行。当香炉传过一轮之后，便回到香炷者手中。之后的第二种及第三种也如法炮制，但客香则不用。来宾要能记住闻香的种类，并且要能借着毫不熟悉的味道，在适当时机辨认出客香的种类。

原来的十三袋在扣掉“试香”之后缩减为十袋，接着每人会发得一组包含十块香木——上头通常饰有金莳绘[②]——每一组都有不同的装饰。而这些香木块背面也都有装饰。这些装饰大抵上都是某些花朵的样貌，例如这组可能是金菊，那个也许是鸢尾，另一个则是梅枝，诸如此类。而香木块正面则印上编号或记号，每一组均包含编号一、二及三各三块，另外加上印上“客”的一块香木。这些香木块分配成组后，第一位来宾面前就会摆上称之为“符箱”的盒子，比赛此时便准备正式开始。

香炷者会先退至一座小屏风后，将一袋香木如同洗牌般打散，接着拿起最上面的一块，放进香炉内后回到场中，并将香炉传递下

① 宾客在座敷（客厅）中，是用所在位置排序。最德高望重的位置自然在房间最前头，再来是第一席，以此类推，通常从左手边开始。

② 日本传统漆器工艺中，常会烙上或漆上金色家纹、花草或鸟兽等图案，即为金莳绘。

去。当然，这次他不会说出香炉内是何种香木。当香炉依序传递，每位参赛者在闻香后，便要从标有编号的香木中选出一块他认为是香炉内的香木，放入符箱当中。例如，如果他认为炉中的是客香，他便放入标有“客”的香木；若是第二种香木，他便放入一块编号为二的香木。当这一轮结束后，符箱和香炉会回到香炷者手中。他从符箱中拿出参赛者放入的六块香木，并以纸包妥。这些香木块代表个人记录，同时也代表全体记录，因为每位参赛者都记得自己那组的特殊图案。

其余九袋也同样这么进行，并由参赛者轮流担任香炷者。当所有香木都使用完毕，便从纸包中拿出香木块，记录成绩，同时宣布赢家。我在此提供其中一份记录，可以大略解释这竞赛的复杂性。

根据这份记录，以“若松”作为香木块装饰的参赛者只错了两次，但“白百合”的玩家则仅对了一次。但要十次全对相当困难，而且嗅觉神经容易随着比赛的进行而麻痹，因此进行中习惯以醋漱口，以唤醒消退的感官能力。

香会记

<table>
<tr><td colspan="12">香　会　记</td></tr>
<tr><td rowspan="4">当天使用的六组香木装饰名称</td><td colspan="10">十袋香木的使用顺序</td><td rowspan="5"></td></tr>
<tr><td>一</td><td>二</td><td>三</td><td>四</td><td>五</td><td>六</td><td>七</td><td>八</td><td>九</td><td>十</td></tr>
<tr><td>第三</td><td>第一</td><td>客香</td><td>第二</td><td>第一</td><td>第三</td><td>第二</td><td>第一</td><td>第三</td><td>第二</td></tr>
<tr><td></td><td></td><td></td><td></td><td></td><td></td><td></td><td></td><td></td><td></td></tr>
<tr><td>黄菊
若竹
红牡丹
白百合
若松
霞之樱</td><td>一
三
*
客
一
三
*
一</td><td>三
一
*
一
*
三
一
*
三</td><td>一
二
二
一
客
*
客
*</td><td>二
*
二
*
二
*
三
三
二
*</td><td>客
一
*
三
二
一
*
一
*</td><td>一
客
一
二
二
三</td><td>二
三
三
一
二
一</td><td>二
二
二
三
一
二</td><td>三
一
三
客
三
三</td><td>三
三
一
二
二
二</td><td>三
四
三
一
八（胜）
六</td></tr>
<tr><td colspan="11">当日使用的焚香名称
第一：タソガレ（黄昏）　　第二：バイクワ（梅花）
第三：ワカクサ（若草）　　第四：「客香」ヤマヂノツユ（山路の露）</td><td></td></tr>
</table>

上述纪录中另加上参赛者姓名、比赛日期及场所。某些氏族里习惯上会为了某些原因，将所有纪录集结成册，如同索引般让香会玩家直接参考，了解感兴趣的任何一场竞赛的资料。

读者也会发现，这四种焚香名称都相当美。例如第一种，便以一首诗题“黄昏”为名——たそがれ（直译为：“谁在那”或“那是谁”之意）——这个字在此暗指在薄暮中等待爱人归来时的某种迷人香气。也许诸位对焚香的成分相当好奇。我可以提供两种日本焚香的配方；但我无法辨认所有材料的名称：

山路之露配方（可做二十一锭）

沉香	四钱
丁子	四钱
薰陆	四钱
银雾	四钱
麝香	一分

梅花配方（可做五十锭）

沉香	二十钱
丁子	十二钱

白檀　　四钱

甘松　　二分

藿香　　一分二朱

薰陆　　三分三朱

シャウモッカウ　　二分

麝香　　三分二朱

龙脑　　三朱

根据这种娱乐形式，香会所用的焚香价格从每包一百锭要价二点五圆到三十圆不等，香锭直径通常不会超过四分之一英寸。有些焚香一包甚至会高过三十圆，例如：兰奢待，一种可比拟为“有兰花气味的麝香”。但也有些是非卖品，比兰奢待还更高级，但它的价值在于背景，而非成分。我指的是数世纪前僧人渡海取经时，从中国或印度带回进贡给皇亲国戚的焚香。日本有几间古寺将这些舶来焚香视为珍品纳藏，仅在重要场合将这无价之宝取出些许作为助兴之用，就像欧洲人在某些特别时节或某些场合中，会提供尘封百年的好酒。

一如茶道，香会也有一套十分繁复且古老的遵行礼俗。但这些很难吸引读者，因此我只介绍某些关于前置作业和警戒的规定。首先，受邀参与香会者身上必须尽可能不带任何气味，例如女士不得使用发油，或穿着存放在薰香衣柜内的服饰。此外，参赛的宾客要先洗一段特别久的热水澡，而且聚会前的餐食得吃最清淡、最没气味的东西。香会比赛期间同样禁止离席、打开门户，或进行非必要的交谈。最后，我观察到，参赛者在判别焚香种类时，只能呼吸至多三到五次。

在现今这个经济时代，要进行香会，自然比大名、住持及武士仍存在的那时代，要来得亲民许多。全套香会器具现在只需五十圆，不过材质非常粗糙简陋。古式器具价钱自然高昂，有些甚至要价上千元。香炷者桌、砚台、纸箱、符箱等各种道具都漆上极高级的金莳绘，香饵及其他器具也都有细致的金饰，而香炉无论是贵金属、铜器或瓷器材质，都可能是知名大师的精心杰作。

5

虽然焚香在佛教仪式中的原本意义主要是象征性的，不过我们有很好的理由假设，有许多比佛教久远的信仰在早期就已开始影响焚香在日本的普及；这些信仰有些也许是日本民族独有，有些则衍生自中国或朝鲜。丧家会在大体前点燃焚香，因为据信焚香气息可保护遗体及刚离身的魂魄不受恶灵侵扰。农家也会用焚香驱邪避凶，免除灾厄。焚香过去多用来招魂及驱灵，某些古老的戏曲或稗史中曾提及各种古怪的仪式。一种从中国引进的特殊焚香据说便有招魂的能力。根据以下的古调，那是一种具有魔力的焚香：

吾曾听闻魔香可唤魂现身，

寂夜孤候之际，能否得香焚之！

《山海经》当中对此焚香有一段饶富趣味的叙述。该经称之为“返魂香”，产于东海旁的祖洲[①]。根据记载，为了召唤亡魂、甚至生人魂魄，只要点燃这种焚香，并诵念咒文，同时在内心专注回想当事人的记忆。接着，当事人的形体及面容便会在焚香的烟雾缭绕中浮现。

许多中日典籍中都有这种焚香的著名故事，例如汉武帝的传说。这位皇帝痛失爱妃，心中悲痛不已，所有旁人让他别再思念爱妃的举动也都徒劳无功。一日，他下令取得一些招魂香，试图召唤爱妃亡魂。臣子皆劝他放弃，亡魂现身只会加深他的悲痛。但他听不进去，遂举行招魂仪式——点燃焚香，召唤记忆。不久，袅袅而升的浓浓青烟当中，逐渐浮现出一位女性的轮廓。它有了血色，身形

① 祖洲是中国传说中神仙居住之处“十洲三岛”中的一洲。

逐渐明亮，皇帝当下便认出那是他的爱妃，但很快地，它明显地变成活生生的躯体，而且似乎越来越美丽。皇帝对着这躯体低语几句，却得不到任何回应。即使大喊，也不见回音。于是他无法自拔地趋近香炉。但当他触碰到香烟的瞬间，这缕魂魄却立刻消散无踪。

当今的日本艺术家依然受到这“返魂法”传说的启发。就在去年，我在东京的日本当代挂轴展上看到一幅画，描绘了这样一幅画面：一位年轻妻子跪在壁龛前，旁边则有一团浮现亡夫轮廓的魔幻烟雾。

虽然只有一种焚香能让亡者重现人世，但焚烧任何焚香都能招来许多看不见的灵体。这些灵体是为“食香鬼”，是为了吞食薰烟而来。根据日本佛教所述，“食香鬼”属于饿鬼三十六界中的第十四界，这些亡灵过去受到贪婪之心诱惑，制作或贩售劣质焚香，如今因果报应，成为饥苦的孤魂，不得不找寻它们唯一的食物——焚香的烟气。

日本文化的真髓

1

在一舰未沉且一战未败的气势下，日本痛击了中国，创造出新朝鲜，拓展其帝国疆域，也翻转了东亚政治的面貌。这在政治上似乎让人讶异，但在心理层次上却更加惊人，因为这代表这个民族未曾向外展示过的高度执行力。心理学家知道，日本这三十年间所谓的“采行西方文明”，不能解读成这个民族过去从未利用自己的头脑或能力。这同样不表示大和民族的心性和德行在短时间内突然有了巨大变化。他们不会在一代之间就有如此转变。西化对文明的影响十分缓慢，甚至需要数百年才会产生某种永久的心理效果。

在此前提下，日本似乎是世界上最特别的国家。整个西化过程中最精彩之处，是这个民族的头脑能承受大幅度的冲击。这在人类历史中相当独特，但这背后又有何意义？它真正的意义，不过是将日本既存思想的部分结构进行重新排列。即便如此，仍有数以千计的人认为这是既有思想的消亡。采行西方文明并非如未经思考的人所想象的那般轻松。心性改造的代价至今显然仍未出现，但在这个一向能展现特别能力的民族当中，却已可见开花结果。长久以来，这个国家相当擅于诸多精巧的技能，也因此，西方工业的发明应用能在日本人手中彻底发挥，并从中创造出优异成果。当中本质没有任何转变，只不过是将旧有技能转变成更新、更大的规模。某些专业科学领域也是如此。自然而然，在某些科学，如医学、外科手术（日本人的外科手术世界无出其右）、化学、显微镜学等领域上，日本人的天分能将之消化吸收，成就也早已闻名于世。日本在战争及统治上也已展现出强大势力。综观历史，日本人早已受认定具有强大的军事及政治能力。不过，他们的天分在陌生领域上仍未见成就——例如西洋音乐、西洋艺术、西洋文学。即使努力多时，似乎仍是枉然[①]。这些领域在西方的情感中具有强大的渲染力，但在日本式的情感中则无法有如此表现。思想家知道，教育无法改变个人的

---

① 在某些意义上，西方艺术如文学、戏剧曾影响日本。这显示我指涉的种族差异。欧洲戏剧曾在日本舞台改编演出，欧洲小说也曾改写给日本读者，但罕有人直译。这是因为原始的剧情、思维及情感会让一般读者、观众难以理解。剧情因此会进行改编，当中的情感和情节也被彻底转变。《新悔改的卖春妇》（*The New Magdalen*）变成嫁给异族的日本女子；雨果的《悲惨世界》变成日本内战物语，当中人物恩佐拉（Enjolras）化身为日本学生。不过，仍有少数例外，如大获成功的《少年维特的烦恼》直译版。（原注）

情感；若认为大和民族的情感特质能在短短三十年间，单靠接触西方思维而有所改变，这种看法未免荒谬。所谓的情感，远比理智更为古老，更加深沉，它不会因为外在环境更动而有变化，一如镜面不会因为镜中物的更换也随之改变。日本人所有登峰造极的成果表现，都是在未经自我转化下完成的；那些认为“日本如今在情感上比三十年前更贴近西方”的人，全忽略了这事实当中并无争论之余地。

怜悯之情受限于理解能力。我们也许只能在自己所能理解的程度中产生共感。或许有人会幻想能与中国人或日本人产生共感，但除了在不因老幼而有所别的日常情感范围之外，绝不可能有真正的共感可言。更为复杂的东方情感是由祖传的、个人的一连串经验所组成，西方人完全不具类似的经验，也无法理解。反之亦然，日本人即便有心，却也无力让欧洲人对其拥有最深层的共感。无论在理性面或感性面（因为两者乃相辅相成），西方人仍无法领悟日式生活的真实样貌，同样也无法跳离自己原本的价值观。比起自己原先的生活，日式生活显得微小。它风雅，在趣味和价值上都有精致的潜能；但相对的，它也小得让西方生活相形下有如超自然。假若必须比较，必然会发现东西两方在理性及感性层面上的差异竟如天壤之别！但这些差异都不及东京那危危颤颤的木造小街，与巴黎、伦敦坚固的大道之间的差别之大。若比较东西方各自对梦想、抱负及愿景的言论——就像哥德大教堂之于神社、威尔第歌剧或华格纳的

《指环》三部曲之于艺伎歌舞、欧洲史诗之于日本短歌无论在情感强度、想象力及艺术的综合体上，差距也都无可衡量！确实，西方音乐的本质是现代艺术，但若回顾我们所有的历史，会发现创作力今昔的明显差异——绝非古罗马时期雄伟的大理石露天剧场及连结各省的高架水道，亦非古希腊时期的神像雕刻与浩瀚诗篇。

这也带出了日本国力激增的另一个主题。除了出现在生产力、战斗力的强大能力之外，何处可见它外在的物质象征？并不存在！日本在感性、理性层面所缺的特质，同样不见于工业及商业层面——那就是巨大！它的国土如旧，面貌在明治维新后依然如故。铁道和电线杆、桥梁与隧道大多隐身在古老的翠绿地景中。除通商口岸、外人居留地外的所有城市，几乎不见任何受西方启发的街道轮廓。你游遍日本内地二百里，也许仍不见任何大规模的新文明。无论何处都不会看到利用大型仓库展现野心的商业模式，或在数以亩计的厂房下扩增机器设备的工业扩张。日本城市仍旧如同十个世纪前，仿佛纸灯笼般的诗情画意，仅仅略胜荒野中的小木屋。而且四处均不见骚动和噪音，没有拥挤的街道，未闻轰隆声响，也不见匆忙步调。只要你希望，身处东京仍能享受乡间般的宁静。日本这股威胁西方市场、改变了远东版图的新势力，在视觉及听觉上的空乏现象相当奇特，我甚至会以古怪形容。这就像当你穿行数里后攀上某些神社，一探那些千年来阴暗、腐朽，住着精灵又空无一物的木造结构，最终只发现一片虚无和宁静。日本的力量，一如其古老信仰的力量，无须物质的呈现；这两股力量正蕴藏于所有伟大的民族那深沉的力量之所在，也就是民族精神当中。

2

每当我冥想，那些大都市的记忆便浮现脑海。这城市直耸入云，怒吼如狂涛。我先想那吼声，景象继而浮现：一座峡谷便是街道，山峰之间则是房舍相连。我非常疲倦，因为在砖石堆栈而成的峡谷中走了很远，却踩踏不到土壤，脚下唯有厚厚的石板路。除了犹如响雷的喧哗，我别无所闻。我知道在那些广阔石板路底下的深处，有一个巨大的洞窟世界，一个为了供给火力、蒸气及水源的层层人造脉络系统的世界。路两旁是窗户穿刺交叠的高塔立面，一座座建筑峭壁遮蔽了日光。而在最上头，仿佛蛛丝般不见尽头的电线，交织出团团迷阵，将天空切成一条条天蓝色的条纹。街道右边住有九千人，高厦里的房客要付上百万年租，就算是七百万，也无法负担住进那遮蔽广场的大厦里的开销，这些大厦甚至绵延数里。钢筋与水泥、黄铜和石材，栏杆装饰奢华的楼梯直上十层、甚至二十层，然而，梯阶上却没有足迹踏过。人能借由水力、蒸气及电力自由升降来去。因为单靠双脚登高，高度会教人晕眩，距离也会使人却步。友人花费五千元租下附近大厦的十四楼，但他从未登梯上楼。如今我为了满足好奇心，独自踏上阶梯。然而我大有不走楼梯登楼的理由。因为对缓慢的脚程而言，这空间太辽阔，时间也太宝贵。所以人才在区域与区域、住所与公司之间借着蒸气通勤。然而，因为高度太高，声音难以传达，人只好透过机器收发指令。借由电力，远处的门户得以开启。轻轻一指，便能亮灯温暖百户。

这些沉默的巨物如此牢固、恐怖，这是数学的力量力服膺于坚固耐用的功利下所生成的巨物。这些绵延不绝的宫殿、库房、商办，及无以名状的其他建筑绝非美观，而是灾难。创造这些建筑的伟大生命没有共感，这些建筑的庞大力量不具怜悯，这教人沮丧。它们是新工业时代的建筑表象。而那些贯耳如雷的车轮声，及席卷街道的马蹄、脚步声仍不停歇。为了发问，你必须大吼才能被人听见；要在这高压的介质中看清楚、思考及移动，则需要经验。不习惯的人会为之恐慌，感觉自己仿佛身在暴风或旋风之中。

庞然大物般的街道顺着石桥、铁桥跳过溪河，跨过海岸。放眼只见杂乱的船桅及蜘蛛网状的索具，遮盖着海边悬崖。相较于船桅、索具交错而成的无穷迷阵，森林中的草木枝叶更显稀疏零落。但这就是现状。

3

一般而言，西方人建设是为了耐用，日本人则是为了当下。日本的日用品很少考量到耐用。草鞋在途中穿坏了就换双新的，衣物也只是简单缝合而成，洗过一次就脱线；旅店会提供投宿者新筷子，窗墙上的薄障子每两年就得重新换纸，而榻榻米年年入秋时也得换新。这些日常生活中的无数小事，不过是描绘这国家满足于当下的几个例子。

而一般日本住宅又有何殊异之处？某天早晨，我出门行经路口街角时，看见几个人正在空地上插着竹子。五个小时后，我在返家时看见空地上已出现两层楼的骨架。隔天一早，更看见墙面已大致完成，那是一面以泥巴与枝条建成的墙。等到日落时分，房上屋瓦已完全铺妥。再过一天，工人便已经铺好房里的榻榻米，室内墙壁更已敷上灰泥。最后，这房子只花了五天便落成。当然，这是栋简陋的房舍，若更精致的，建造则需更长时间。但日本城市大多是由像这样的寻常住宅组成，屋舍价格就如其简朴一样低廉。

我已记不得何时曾听过，中国式的屋顶曲线多少保留住了游牧帐篷的记忆。在我怅然忘却这说法从何而来之后，它仍缠绕我心头许久。后来，我在出云初见出云大社时，发现在它山形屋顶的末端和屋脊上有着十字突起的特殊构造。我忽然想起那篇被遗忘的文章，当中曾提到这新建筑样式的可能起源。但在建筑传统之外，还有更多日本事物暗示着大和民族祖先的游牧习性。无论何时何地，我们都看不见所谓的坚固。这种短暂性似乎标记在日本人生活里几乎所有的万事万物当中，但农人自古以来的穿着和农耕器具的外形则是少数例外。即使在相对短暂的历史记载中，日本也已迁都逾六十次，而且当中绝大多数都已消失无踪。我在此无意详细论述，但或许每座日本城市在一个世代间便会重建，改头换面。某些神社佛阁及少数城郭或许是例外，但一般而言，在人的短短一生中，日本城市的外观就算不变，本质也会有所变化。火灾、地震或其他灾变都是肇因，但最主要的在于房舍无法让人长久安住。寻常百姓没有祖传的房舍，最亲的地方不是出生地，而是下葬处。除了墓地及神社，少有地方能长存久居。

日本就连土地也瞬息万变。河川会改变流向，海岸会变化轮廓；平原会抬升，火山隆起、崩塌，谷地则会因岩浆或山崩而淹没，而湖泊或现或灭。就连那独一无二，在百年来启发众多艺术家的富士山雪顶，据说在我来到日本的这段时间，都已有些微变化。在此同时，境内有不少山峰的外形也已在短短时间内彻底改变。日本唯有土地的大致轮廓、本质的大致层面、那四季的大致特性是恒常不变的。甚至这片地景的绝美也是虚幻无常，那是一种色彩擅变、云雾消长的绝美。只有熟悉这片地景的人才会知道，在诸岛历史中，群山的云雾吞吐如何嘲弄实际的改变，又如何预言其他将至的变化。

众神确实仍出没在他们山巅的神社居所，借树林中透出的微光，传达柔软的信仰敬畏之心，也许这正是因为他们无形也无体。神社很少会像人的住所一样被彻底遗忘，但几乎各神社都会不定期地改建。当中最神圣，且遵从祖传习俗的伊势神宫，每二十年必定拆除重建，而木材会转制成数千御守，分送信众。

源自亚利安印度，经由中国传入的佛教，它浩瀚的教义也非恒久不变。日本第一批佛寺的建造者，来自中国的工匠，将佛寺建得极好，即便曾围绕四周的城市已不复存在，镰仓的中式佛寺建筑历经数世纪仍却依然伫立，这便是证据。佛教的精神不可能驱使人心生起追求物质的渴望。佛教教义认为宇宙是一道幻梦，而人生不过是无限旅程当中的转瞬一站；所有人、事、物的连结注定带着悲伤；唯有弃绝欲念，甚至是至臻涅槃的欲念，才能让人心获得永恒的宁静。这些精神无不与大和民族自古以来的情感相互调和。虽然日本人并不信仰外来的深奥哲学，但随时间流转，佛教那无常的教义最终也已深深影响了大和民族的性格。它阐述一切、抚慰人心，它教人承担一切世事，它强化了日本人的特质，亦即耐心。佛教即使不实际创造什么，但它无常的教义也已在日本艺术上留下痕迹。佛教教诲世人知晓天地自然是梦境、是幻象、是泡影，但也教诲你我如何把握这幻梦的短瞬印象，并以至高的真理解释。而日本人学得相当好。在春樱满开时，在知了来去间，在秋叶簇红处，在雪地幽美里，在云海蜃影下，日本人看见古老寓言里的永恒意义。甚至在他们的灾祸中，火灾、洪水、地震、疾病，他们依旧领悟到永恒的寂灭之理。

时间中存在的终将灭绝。林木、群山，万物依此存在。有情万物自时间中诞生。

无论日或月，帝释天[①]与所有随从终将灭绝，无一幸免，无一永存。

原初时万物固定，终末时万物分离。各种结合生成新物质，因为自然无不变恒常的规律。

凡合成物必将老朽；凡合成物必为暂时。没有永存的组成，即使一粒胡麻也不例外。万物均一瞬，万物与生俱来必消解。

凡合成物均短暂、善变、必逝又易碎，无一例外。万物均如蜃楼、幻沫、泡影般易逝……即使陶器亦终将破碎，一如人生。

信仰本身无法言喻，亦无法表述——它是物亦非物，连孩童或庸才都明白此道理。

---

① 帝释天：全名为释提桓因陀罗，简称因陀罗，意译为能天帝。本为印度教神明，司职雷电与战斗。后被佛教吸收为护法神。

4

因此，日本生活当中的空乏性和暂时性是否带有其他补偿价值，便值得探索。

空乏和短暂具有的极度可塑性最能象征日本生活。日本人代表了一种具有永久循环粒子的媒介，而其运行模式相当独特。比起西方人的运行方式，它更巨大也更反常，但在点和点之间的运行却较微弱。同时，它却相当自然，甚至自然到可能无法在西方文明中存在。欧洲人与日本人的机动性可从某些快速及低速的往返来比较。在如此比较中，快速往返代表着应用人类力量的结果，低速往返则非。这种差异会比表象更具意义。某层面而言，美国人自认为最擅长往返移动、行旅各处，这或许没错。但从另一层面来说，当中肯定有认知错误。以移动行旅的频繁程度而言，美国人完全无法与日本人相提并论。若论及机动性，我们理所当然会认为应以大众、也就是劳工为主要考量，而非仅少数的富人阶级。在所有文明国家中，应属日本移动最甚。就连身处在一片由连绵山脉组成的土地上，仍无法阻绝他们的行动。在日本，最常行动的是那些无须借铁路或蒸汽火车的那类人。

相较于日本劳工，今日的西方劳工受限许多。因为西化社会带有复杂的机制，让其力量倾向于聚集结合成坚固的状态。也因为社会及产业的机制，使得工作者必须重新形塑自我，以达到机制本身的特定要求。他必须活在一种无法单靠节俭度日就能在金钱上独立的标准中，受限程度因而更甚。为了能够独立，一个人必须比其他同样想逃离束缚的成千优秀竞争者，拥有更独特的性格及本领。但接着，因为在文明化后的特定性格使得人丧失了“无须借由机器或大量资本便能生存”的天赋，最后反而更是无法自主。人若以如此不自然的方式生存，迟早会丧失独立能力。西方人在起身行动之前要考量许多事，但日本人无须如此。他只要离开自己不喜欢的地方，便能前往任何想去之处，没有任何事物可阻挡。穷困在此并非阻碍，反而是种刺激。他不备任何行囊，或是简单打包就能轻装上路。距离对他而言不重要。老天赐给他完美的双足，让他一天走上五十里也不觉疼痛；老天也给他一囊胃袋，可消化欧洲人无法借此维生的食物营养，他同时有一副无惧地寒、天热及湿气的肉身。就算身着不利健康的衣物、享有过多的便利性，或是已习惯借炉火取暖，或穿着皮鞋，他的体质仍能战胜一切。

在我看来，鞋履的象征远比一般人所认知的还多。鞋即代表一个人是否拥有自由。它不只意味着高昂的代价，甚至带有更多意义。皮鞋也造成西方人原本的双足变形，让双脚无法依进化而来的功能运作。然而，鞋履对身体的影响不单在双脚而已。人移动的方式对身体的影响无论是直接或间接，都会延伸至全身结构。但弊害仅只于此吗？或许西方人都已屈服于现有文明当中的不合理常规下，因为我们已臣服于鞋匠的专制下许久。这也可能是西方在政治、社会伦理及宗教体制上的弱点，并多少与穿皮鞋的习惯有关。在束缚之中，肉体的屈服必会助长心灵的归顺。

但日本人（即使是经验老到的日本劳工，其工资仍低于同产业的西方同行）不受鞋匠或裁缝钳制。他们的双脚美观、身体健康，而且心灵自由。他们若想行遍千万里，能在五分钟内立刻启程。他们身着的衣物不值七十五毛，随身行囊用一块手巾便可全数收纳。只需十元，他们便可无须工作旅行一年，或是边旅行边工作，甚至索性当个游子浪人。你也许会反驳说，任何一个蛮人也能这么样流浪。没错，但没有文明人能如此，何况日本人已有千年高度文明。也因此，他们的能力可说是对西方制造商的威胁。

西方人为了从中找出意义，已太过习惯将日本人这种独自行动的能力，与乞丐或游民联想在一起，或是与其他令人不快的事物，比如不洁与恶臭。然而，就如张伯伦教授[1]的精彩评论：日本人民是世界上最好的一群。日本的旅行者只要身上有一毛钱，天天都会上澡堂泡汤，就算没钱也会洗冷水澡。他的行囊里有梳子、牙签、剃刀、牙刷等盥洗用具。他从不让自己邋遢，一旦抵达目的地，他就能让

① 张伯伦（Basil Hall Chamberlain，1850—1935），英国的日本研究学者，曾任东京帝国大学教授，亦曾英译《古事记》。

自己化为翩翩有礼的旅人，衣着即便朴素，模样也能完美无瑕[①]。

能穿着最基本但整齐的衣物，在家徒四壁之下身无长物地生活，日本人这种能力不仅展现出他们在困顿中求生的优势，更凸显西方文明某些卑劣却真实的特质，西方人生活中多样但无谓的需求也随之现形。我们需要肉类、面包及奶油，需要玻璃窗及火源，需要帽子、白衬衫及毛料内着，需要靴鞋，各种箱盒包袋，床架、床垫、床单及毛毯，然而这些东西日本人都不需要，甚至没有还更好。想一想，西洋服饰认为一件昂贵的白衬衫有多重要！然而即便是所谓“绅士徽章”的亚麻衬衫，也不过是件无用的衣裳，它既不保暖，也不舒适。亚麻衬衫代表过往贵族阶级残存的风尚，而如今就如同外套袖口缝饰的纽扣，既无用处，也无意义。

5

日本的伟大事迹缺少可见的重要标志，这证明了这个民族的文

① 评论家曾嘲弄阿诺德（Sir Edward Arnold）爵士对日本人的评论，他认为日本民众闻起来就像天竺葵。但的确如此！这种香料叫作じゃこう（麝香），只需一点，便容易被误认为是天竺葵的香味。在任何有女性在场的集会中，几乎都可闻到麝香味；因为收纳衣裳的抽屉会放着几粒麝香。除了这高雅的香气外，日本民众几乎没有体味。（原注）

明是以一种特别的方式运行。尽管它不会永远如此，如今却已达到惊人成就。日本人从事生产时并无西方所谓的资本。他们渐进地进行工业化，但本质上不是机械化与劳力化。大量米粟是在数百万处零碎的田地里种成，蚕丝产自百万户清贫家庭，茶叶种植在无数的小型坡地上。若你在京都向世界上最高明的制瓷工匠订购产品，他的产品在伦敦及巴黎的知名度甚至比日本还高，会发现他的工坊不过是连美国农人都不想住得简陋木屋。一个要价两百元、高五尺、由一流景泰蓝工匠制作的花瓶，也许会是在隔成六间小房的两层楼舍中完成。而日本最好、最著名的丝质腰封，也可能是在造价不过五百元的屋内生产，而且当然是手工织成。然而，运用机械生产，且技术精巧到足以击溃西方企业的工厂，除了少数，厂房外观上几乎不会有可观之处。这些厂房大多深长、简陋，普遍是仅有一或两层的建筑，仅约西方一排木造马厩的造价。但从这类建筑生产出的丝绸能卖遍全世界。有时，你只能透过开口探询或机器的嗡嗡声，才分辨得出那些貌似老旧屋敷或校舍的地方是否为工厂，除非你能理解在大门庭园前的汉字。

工业资本的整合已将建筑的巨兽和机械的巴别塔带进西方生活。但如此的整合在远东地区并不存在。导致如此景况的资本在日本确实不存在。而且就算日本可能会在几世代内出现资本力量的整合，那也不易反映到他们的建设上。即便坐落在主要商业区的两层砖房，地震也不会让它有好下场，地震似乎是对这个国家从古至今都如此简陋的楼房的谴责。这片土地不断反抗西式建筑的入侵，有时甚至透过地表隆起或扭曲铁轨，来反对新的交通制度。

维持这种未整合状态的不是只有工业，政府本身也有类似的情况。除了王位，没有什么是恒常不变的。不断的变革与国家的政策相应，从大臣、知事、局长到视学官，所有文武百官均不定期地会在短得吓人的时间内调动，再小的官员也常见大搬风。我在日本第一年所待的县，五年内就换了四任知事。我在熊本的战前期间，像师长、团长如此重要的指挥官就换了三次。高中校长三年内也换了三人。这样变动的频率在教育圈中尤其显著。我任教职那时换了五任文部大臣，更迭五次教育政策。而与当地议会关系密切的两万六千所公立学校即使没有其他影响，却也因议员改选而难免有所变化，校长及教师常常转校。就有位才三十出头的教师，却已在那区的几乎所有学校服务过。在上述种种情形下，教育体制若还能出现伟大成就，则堪称奇迹。

对所有进步历程及重大发展而言，西方习惯认为一定程度的稳定是必要条件。但日本提供了一个无法反驳的证明：重大发展可以不需任何稳定性。这成因在于日本的民族特性，它在种种面向都与西方相反。日本人一致地善变、一致地易感，他们一致地朝向伟大目标迈进，四千万国民服从于统治者的理念，受其形塑，恰如久经风蚀的水和沙。这类服从性格是源于日本人心灵的原貌，一种罕见的无我及完美信念的古老状态。日本民族性缺乏利己的个人主义，然而这却解救了帝国，赋予日本人在对抗强大的优势力量时，仍能保有独立性。这或许得归功于他们两个伟大的信仰，亦即神道教与佛教。神道教创造、存续着日本伦理的力量，并将“君、国之利益应优于自我利益”的观念传授给人民。佛教训练人去控制悔恨，忍受痛楚，接受所爱之物的消逝、所恨之物的专横等等。

然而，僵化的倾向如今已众所皆知，求变的危险导致了如此结果，官僚主义导致祸害，一如中国的衰败。新式教育在道德上的成果仍不及对物质上的成就。就算在全然利己的价值观下，对自我的追求也难以在下个世纪的日本实现。他们只将这些貌似聪明的新思维作为自我防御的武器，以及对于激进自我主义的新观点，这甚至反映在学生的作文中。一个内心逐渐丧失佛性的人曾写道：人生本无常。昨富今贫屡见不鲜。这是进化法则下的弱肉强食。无人能避免。即使并非出于本意，吾辈唯有互相残杀。武器为何？教育铸成的知识宝剑。

不过，自我养成有两种形式。一种会使人高尚，发展杰出；另一种则否。然而，新日本眼下着手的并非前者。我承认我是那些认为“人心比智慧更贵重”的人，而人心将彻底证明它能解开所有人生的难解之谜。我也确信，昔日的日本人比我们更接近那些谜题的答案，因为他们认为道德之美更甚于智慧。

我想大胆引法国作家布伦特尔（Ferdinand Brunetiere）一篇关于教育的文章作为总结：

如果我们不致力将所有教育方针根植、并铭刻在心，那就像是缘木求鱼，就如哲学家拉梅内（Lamennais）的名言：人类社会立基于互相给予，或为他人奉献，又或我为人人。奉献是所有真实社会的本质。这也是在近一个世纪内，我们学不到的事情，而若我们需要重新教育，这会是我们再度学习的课程。如果缺乏这种观念，就不会有社会或教育——如果教育的宗旨是在形塑个人以进入社会。个人主义是今日教育的大敌，也是社会秩序的大敌。这情况虽非一向如此，但已经来临。它不会永远持续，但现况正是如此。若不努力消灭，会从一个极端陷入另一个极端——我们必须要体认到，无论我们想对家庭、社会教育、国家做些什么，对抗个人主义会是必要工作。